Bettina Kalandra

Schneckenhaus

Bettina Kalandra

Schneckenhaus

Mein Weg in eine alltagstaugliche Spiritualität

Verlag Lebensreise

Impressum / Imprint
Bibliografische Information der Deutschen Nationalbibliothek: Die Deutsche Nationalbibliothek verzeichnet diese Publikation in der Deutschen Nationalbibliografie; detaillierte bibliografische Daten sind im Internet über http://dnb.d-nb.de abrufbar.
Alle in diesem Buch genannten Marken und Produktnamen unterliegen warenzeichen-, marken- oder patentrechtlichem Schutz bzw. sind Warenzeichen oder eingetragene Warenzeichen der jeweiligen Inhaber. Die Wiedergabe von Marken, Produktnamen, Gebrauchsnamen, Handelsnamen, Warenbezeichnungen u.s.w. in diesem Werk berechtigt auch ohne besondere Kennzeichnung nicht zu der Annahme, dass solche Namen im Sinne der Warenzeichen- und Markenschutzgesetzgebung als frei zu betrachten wären und daher von jedermann benutzt werden dürften.

Bibliographic information published by the Deutsche Nationalbibliothek: The Deutsche Nationalbibliothek lists this publication in the Deutsche Nationalbibliografie; detailed bibliographic data are available in the Internet at http://dnb.d-nb.de.
Any brand names and product names mentioned in this book are subject to trademark, brand or patent protection and are trademarks or registered trademarks of their respective holders. The use of brand names, product names, common names, trade names, product descriptions etc. even without a particular marking in this works is in no way to be construed to mean that such names may be regarded as unrestricted in respect of trademark and brand protection legislation and could thus be used by anyone.

Coverbild / Cover image: www.ingimage.com

Verlag / Publisher:
Verlag Lebensreise
ist ein Imprint der / is a trademark of
OmniScriptum GmbH & Co. KG
Heinrich-Böcking-Str. 6-8, 66121 Saarbrücken, Deutschland / Germany
Email: info@verlag-lebensreise.de

Herstellung: siehe letzte Seite /
Printed at: see last page
ISBN: 978-3-639-65813-2

Copyright © 2013 OmniScriptum GmbH & Co. KG
Alle Rechte vorbehalten. / All rights reserved. Saarbrücken 2013

INHALTSVERZEICHNIS

Für meine Oma

VORWORT

Zwei glatt, zwei verkehrt, eine fallenlassen. Ich sehe mich im Alter von etwa zehn Jahren sitzen, Zungenspitze zwischen den Zähnen, die Hände krampfhaft um die schon leicht verbogenen Stricknadeln gewunden und bei jeder Masche, die quietschend und mühsamst die Nadel wechselt, mitzählend.
Jetzt stricke ich wieder – über 30 Jahre später – leicht, locker, gleichmäßig. Vielleicht war das der Grund, warum mir das mit dem Stricken als erster Vergleich zu meinem Leben einfiel, insbesondere zu meinem (noch relativ neuem) spirituell ausgerichteten Leben. Viel Unterschied ist da nämlich gar nicht – am Beginn meines spirituellen Weges war ich verkrampft, bemüht, angestrengt. Jetzt geht es leichter, wenn auch das gute Stück noch lange nicht gleichmäßig und adrett vor mir liegt. Aber dazu später mehr. Ich wollte eigentlich im Vorwort erklären, was ich hier tue.

Nun, ich schreibe, soviel ist klar. Obwohl es eh schon so viele Bücher gibt. Warum sollte also jemand ausgerechnet auf meines angewiesen sein?
Ich erzähle von meinem Leben, das irgendwann mal mit spirituellen Sichtweisen in Kontakt kam und sich seither veränderte. Zum Positiven? Wer weiß das schon? Es ist ein normales Leben, Durchschnitt, nichts Besonderes. Klassisch. Schule, Beruf, Ehe, Kinder, alles vorhanden. Bilderbuch? Möglich, für andere vielleicht. Was also bringt mich dazu, darüber zu erzählen? Ich habe die Erfahrung gemacht, dass sich viele, egal ob sie nun spirituell leben oder nicht, viele Gedanken machen – über sich, über andere, über Systeme. Die meisten von denen würden

aber niemals laut darüber sprechen. Zu groß ist die Angst, nicht mehr „dazuzugehören". Jemandem auf den Schlips zu treten, den man vielleicht noch mal brauchen könnte.
Ich weiß das, kenne das Gefühl nur zu gut – ich habe jahrelang selbst danach gelebt. Nun hab ich keine Lust mehr dazu. Weil ich aber immer noch gefangen bin in diesen Mustern, schreibe ich darüber, anstatt es denjenigen ins Gesicht zu schreien, mit denen ich nicht konform gehe. Feige? Kann sein. In meinem Herzen bin ich eine Rebellin, nur habe ich nie gelernt, so zu leben und zu agieren. Frei, ehrlich, gradeheraus, ohne Rücksicht auf Verluste.

Ich habe viel gelesen, gesehen und gehört, über sehr unterschiedliche Themen, die (fast) alle den Untertitel „spirituell", „esoterisch", „aufgestiegen", „erleuchtet" oder „erwacht" haben. Das hat Spaß gemacht, enorm viel Wissen durfte ich mir aneignen in den letzten Jahren. Und ich wollte auch so gern – schreiben, channeln, hellsehen, Karten legen, heilen und weiß Gott was noch alles können. Und ich war neidig, eifersüchtig auf die, die es können – sah sie als privilegiert an, als etwas Besonderes. Dass ich mich mit diesen Gedankengängen selbst herabsetzte, sah ich nicht – ich wollte doch nur so sein wie sie.

„Jetzt will sie das nicht mehr?" höre ich dich fragen (wir in der spirituellen Szene sind alle per „du", ich darf doch auch, oder?). Natürlich will ich das immer noch, aber anders. Also mein Ego will das – ich als ICH bin natürlich über so profane Dinge wie Erfolg, Anerkennung oder Stolz erhaben, das ICH weiß ja, dass es bedingungslos geliebt wird. (Hier darf ganz spontan ein im Internet gebräuchliches „prust" eingefügt werden. By the way – ich bin im Internet zu Hause, dort hab ich mehr gelernt und gelebt als in der realen Welt. Aber ich werde mich redlich bemühen, keine Smileys einzufügen.)

Solltest du jetzt die Stirn runzeln, weil du dir nicht sicher bist, in welche Richtung dieses Buch geht, dann sei nicht betrübt – ich bin mir auch nicht sicher.
Was ich sicher weiß: es wird kein Herzschmerz-alles-ist-gut-du-musst-nur-dies-und-jenes-bewerkstelligen-und-das-Leben-ist-ein-Paradies-Buch werden. Es wird eine Erfahrungsgeschichte - von mir, und nur von mir! Dein Weg ist sicher ein ganz anderer. Sollte aber nur ein einziger Satz dabei sein, der dir weiterhilft, dann hab ich mein Wunschziel erreicht.
Ich gehe auch davon aus, dass es kritische Stellen geben wird in diesem Erfahrungsbericht – meine Kritikerstimme in mir ist viel zu laut, um ungehört zu verhallen. Du darfst also mit ironischen, bissigen und ganz oft auch zweifelnden Passagen rechnen.

Würde ich die weglassen, wäre es wieder nur eine Rolle, die ich spielen würde, um angepasst endlich das zu erreichen, wovon ich zu lange schon träume. Angepasst war ich nun aber lange genug, es wird Zeit für meinen eigenen Weg. Auf dem fehlen zwar die Verkehrszeichen und Hinweisschilder, asphaltiert ist er auch nicht – dafür habe ich aber erstmals das Gefühl, Neuland zu betreten. Unberührte Natur, bisschen vernachlässigt, aber durchaus charmant.

Ich lade dich ein, mich auf meiner Reise ein Stück des Weges zu begleiten. Angefangen bei der Autobahnauffahrt, wo zum ersten Mal

„mein Licht“ angeknipst wurde bis zur Abfahrt auf die Landstraße und die noch nicht gegangenen Wege, die ich gerade erforsche.

Nochmal, weil es mir so wichtig erscheint und ich nicht möchte, dass du von falschen Erwartungen ausgehst: Dies ist kein Buch mit Glücksgarantie oder der Vorgaukelung auf ein paradiesisches Leben. Es handelt sich hier rein um meine Erfahrungen, Gedanken, Zweifel, Wünsche, Niederlagen und kleinen Erfolge bei der Arbeit an mir selbst. Wenn irgendetwas dabei ist, was für dich stimmig ist: nimm es dir! Wenn gar nichts dabei ist, was du auf dein eigenes Leben anwenden kannst: der Verlust deiner Zeit wird sich in Grenzen halten, ich gehe davon aus, dass du einfach nicht weiterliest, wenn dir mein Geplapper zu dumm wird. Ich werde zu jedem Punkt, den ich aus meiner Sicht erkläre auch anführen, wie ich diese Erfahrung für mich ins Positive verwandeln konnte. Dies ist mein Geschenk an dich: wenn du das Gefühl hast, die Ausgangssituation wäre deinem Leben entnommen, musst du nicht die steinigen Umwege gehen – außer es macht dir Spaß, selbst etwas zu entdecken. Nimm meinen direkten Weg und spar dir die Zeit für die wichtigen Dinge – dein persönliches Glück.

Ich halte nichts von geschriebenen Meditationen und noch weniger von positiven Affirmationen, die man gebetsmühlenartig vor sich hersagt und schon dementiert, bevor sie noch irgendeinen Bereich in uns ansprechen können. Daher wirst du in diesem Buch auch keine finden. Dafür biete ich dir neue Sichtweisen, andere Standpunkte und Aussichtsplätze, wo du deinen Blickwinkel um eine Spur ändern kannst – und schon sieht die Welt ganz anders aus.

Solltest du einen roten Faden suchen, muss ich dich leider schon wieder enttäuschen – ich bin eine Chaotin wie sie im Buche steht. Ich schreibe, wie ich spreche. Lang, laut, mit Humor und so, wie es mir gerade in den Sinn kommt. Angeblich macht das meinen Charme aus, hab ich gehört. Nun, es sei, wie es sei, ich spring jetzt einfach mal über meinen Schatten und fang an, gut?

Nachtrag: Als Chaotin steht es mir zu, meine Ansicht zu ändern, wie du vielleicht irgendwann bemerken wirst. Also wundere dich nicht über widersprüchliche Aussagen, die kommen vor. Einfach, weil ich an irgendeinem Punkt in meinem Dasein wieder etwas Neues entdeckt habe und in mein Leben integriert habe.

TEIL 1

WENN MÖGLICH, BITTE WENDEN

Es war mein 40. Geburtstag, den ich ausgelassen mit Freunden und Familie feierte. Von Esoterik, Spiritualität und dem ganzen Hokuspokus hielt ich kaum etwas bis gar nichts. Mich konnte man schon mit dem Tageshoroskop in der Zeitung jagen. Gab es wirklich Leute, die auf solchen Schwachsinn etwas gaben? Karten legen, Astrologie, in der Glaskugel mein Schicksal sehen? Ich will doch meine Zukunft nicht im Vorhinein wissen. Es gab also kaum einen Punkt, der weiter von meinem spirituellen Selbst entfernt war als ich.
Eines der zahlreichen Geschenke, die ich an diesem Tag erhielt, war ein für mich persönlich erstelltes Horoskop. Na gut, man kann ja mal drin lesen. Es war sehr allgemein gehalten, manches stimmte, manches nicht – und bestätigte eigentlich nur meine Einstellung. So allgemein passte es sicher auf viele Menschen, und wenn etwas dabei war, das überhaupt nicht schlüssig war? Nun, bei einem persönlichen Gespräch würde es sicher so lange gedreht werden, bis die Astrologin etwas gefunden hätte, das ins Bild passt.

Also weggelegt und zur Tagesordnung übergegangen. Wochen später kramte ich es wieder heraus, weil ich doch neugierig war und überprüfen wollte, ob die Voraussagen der letzten Wochen denn übereinstimmten mit meinem Leben. Ich war gelinde gesagt schockiert über die vielen Übereinstimmungen, aber auch nicht wirklich besorgt oder neugierig genug, um es nochmal zu lesen, nur um zu sehen, wie es weitergehen würde.

Kurze Zeit später erhielt ich ein Buch als Geschenk. Die Schenkende kannte ich aus dem Internet. Dass sie das Buch selbst geschrieben hatte, bemerkte ich erst auf den 2. Blick. Irgendwas mit Engeln, ach ja. Durchgeblättert, weggelegt. Gerade ich kriege sowas. Naja, vielleicht kann man es ja als weiterschenken.

Und dann „rief" mich dieses Buch. Ich, die wenig von Gott, noch weniger von der katholischen Kirche und schon gar nix von Esoterik hielt, hatte ein Buch daheim liegen, das mich magisch anzog.
Dazu muss ich sagen, ich lese gern und ich lese viel. So zwei Bücher pro Woche sind schon drin, wenn sie spannend genug sind. Stephen King dauert ein bisschen länger, dessen Romane können ja auch als Totschläger verwendet werden, so dick sind sie.
Aber ein Buch über Engel? Eher erkläre ich „Sakrileg" von Dan Brown als neue Bibel, oder das „Magdalena-Evangelium" von Kathleen McGowan, das ist wenigstens spannend.

Und was würde meine Familie, meine Freunde dazu sagen, wenn ich mich plötzlich mit Engeln und so Kram beschäftigen würde? Nein, also – da konnte das Buch rufen und winken, soviel es wollte. Ich mache mich doch nicht lächerlich! Keiner meiner Freunde hatte etwas mit Spiritualität zu tun (dachte ich), da sollte ich jetzt mit sowas daherkommen?

Zwischenzeitlich hatte ich das Gefühl, auf der Autobahn dahin zurasen und mein Navi würde in einer Endlosschleife wiederholen: „Wenn möglich, bitte wenden!"

Nein, das war ganz und gar nicht möglich – dazu müsste ich ja mein komplettes Leben ändern und vielleicht auch noch anfangen mich mit mir selbst zu beschäftigen.
Was ich zu der damaligen Zeit nicht wusste: Wenn Engel oder andere höhere Wesen einmal auch nur eine Zehenspitze in der Tür haben, bleiben sie hartnäckig. Also wehrte ich mich weiterhin und sie arbeiteten leise im Hintergrund. Übrigens ein relativ aussichtsloser Machtkampf, weil nur der Mensch kämpft – gegen unsichtbare Schatten. Es ist vergleichbar mit der Trotzphase eines Kindes – wenn der oder die Kleine wütend mit seinen Fäustchen gegen die Mutter schlägt – und diese ihren winzigen Trotzkopf liebevoll in die Arme nimmt und herzt und tröstet.

Irgendwann wurden meine Schläge kraftloser und aus meinem Trotz wurde Neugier. Was konnte man in einem Buch über Engel erfahren? Konnte man mithilfe dieser Wesen vielleicht sogar unangenehme Charaktereigenschaften wegzaubern und ein glückliches Leben führen – ohne Sorgen, ohne Probleme, ohne Mangel an was auch immer? Das wär ja dann vielleicht doch etwas für mich – so eine Art Deal schwebte mir damals vor: ich lese über Engel und die richten einstweilen mein Leben. Kluger Plan.

Also las ich. Dass es sich um ein Arbeitsbuch handelte und man die vorgeschlagenen Übungen tunlichst auch anwenden sollte, übersah ich großzügig. Dass mir beim zufälligen Aufschlagen des Buches immer so nette Themen wie „Selbstliebe“, „Selbstvertrauen“ oder „Mut und Stärke“ entgegen grinsten, fand ich irgendwie gar nicht lustig. Ja, stimmt schon, ich hielt damals nicht allzu viel von mir selbst (von anderen Menschen übrigens auch nicht), aber das brauchten mir die Engel ja nicht so plump präsentieren. Ich wollte doch lieber an meiner kreativen Ader oder an unendlichem Reichtum arbeiten. Das mit dem Reichtum konnte ich vorerst sowieso knicken – ich brauchte ja unbedingt die passenden Karten zum Buch und noch ein oder zwei andere Bücher aus der erstmals erkundeten Esoterikabteilung meines bevorzugten Büchergeschäfts. Eines davon war von Doreen Virtue, das ich verschlang wie einen guten Krimi. Was ich las, faszinierte und erschütterte mich gleichermaßen.

Aha, man musste also schon als Kind etwas Besonderes sein und mit Lichtwesen oder wenigstens Tieren sprechen können. Fehlanzeige, ich hatte nie imaginäre Freunde. Oh, und dann brauchte man ein einschneidendes Erlebnis (möglichst mit Krankheit oder Tod), um wieder spirituell zu erwachen. Blöd gelaufen, konnte ich auch nicht vorweisen. Unsere Familie lebt lange, ich hatte noch nie einen Unfall, meine Kinder sind gesund.

Ja, wie nun? Hatte ich vielleicht gar nicht die Berechtigung zum Eintritt in die schillernde und leuchtende Welt der Spiritualität? War ich etwa nicht gut genug, hatte zu wenig gelitten in meinem irdischen Dasein? Wie kam es dann, dass ich als einen der ersten Grundsätze gelernt hatte, man suche sich sein Leben vor der Geburt selber aus – mit allen Höhen und Tiefen. Hielt ich meine Vereinbarungen nicht ein und erfüllte meinen Plan nicht? Oder hatte ich mich für ein leichtes, bequemes Leben entschieden, ohne große Mühen? Dann würde mir aber in diesem Leben die einzigartige Erleuchtung verwehrt bleiben, und ich wollte doch erleuchtet sein. Aufwachen, mich spirituell weiterentwickeln, Antworten auf meine jahrelangen Fragen nach dem Sinn des Lebens erhalten.

Ja, toll! Nun hatte ich dieser Stimme meines inneren Navis nachgegeben, bin von der Autobahn runter, habe gewendet – und befand mich in einem Betonkreisel, aus dem ich keinen Weg mehr rausfand. Die erhoffte gut ausgebaute bequeme Straße ins Licht war nicht auffindbar, zurück ging auch nicht mehr, sonst wäre ich zum Geisterfahrer geworden.

Zu viele Gedankenmuster, Glaubenssätze von irgendwoher und vorgefertigte Meinungen stritten in mir um ihr Recht, anerkannt zu werden. Ich war auch gar nicht bereit, diese aufzugeben, begleiteten sie mich doch schon über Jahrzehnte hinweg. Nur leider waren sie mit den neuen Informationen kaum vereinbar.

So konnte es also nicht mehr weitergehen und ich meldete mich zu meinem ersten Seminar an, um mich selbst kennenzulernen – und um von anderen lernen zu können. Dies erschien mir weit wichtiger – mich kannte ich eh mehr als genug. Dachte ich. Ich wollte lieber abgucken, wie die anderen das machen, wie es denen geht, ob sie die gleichen Ängste und Sorgen haben – oder ob alle Seminarteilnehmer schon so weit im Lichtprozess fortgeschritten waren, dass ich nur einsam mit meinem Laternchen hinterherhinken konnte.
Heute kann ich nur mehr die Hände über dem Kopf zusammenschlagen ob dieser Naivität, aber damals wusste ich es nicht besser. Und ohne diese Lernschritte wäre ich heute nicht da, wo ich bin. Und – dies sei vorweggenommen – wo ich mich pudelwohl fühle und erstmals in meinen über 40 Jahren das Gefühl habe: „Da wo ich bin, ist genau der

perfekte Platz für mich!“ Reserviert sozusagen. Loge. Erste Reihe fußfrei.
Wie ich dorthin kam, darüber möchte ich nun erzählen. Ich bin dermaßen viele Umwege gegangen, dass ich nun für mich eine neue Landkarte gezeichnet habe. Ohne Copyright. Zur freien Entnahme.

Aber bevor ich von diesem speziellen (übrigens für jeden von uns reservierten) Platz erzähle, möchte ich ein bisschen zurückgehen in den Jahren. Mir scheint, auch mein Leben vor dem bewussten Sein ist es wert, betrachtet zu werden.
Es sei übrigens jedem angeraten, dies für sich selbst mal zu machen: sein bisheriges Leben aufzuschreiben. Man glaubt gar nicht, wie oft man dieselben Fehler gemacht hat, ohne es zu bemerken. Ich habe sogar einen roten Faden gefunden. Er ist nicht zu übersehen (wie ich jetzt nach dem Niederschreiben feststellte) – eigentlich leuchtet er ganz hell. Komisch, dass er mir bisher nie auffiel.

MEIN LEBEN ALS IRGENDWER

Ich war ein Durchschnittsmensch, wie er im Buche steht. Als erste von drei Schwestern durfte ich die exklusive Liebe und Fürsorge meiner jungen Eltern fast sechs Jahre lang alleine genießen. Nebenbei gab es noch ausreichend Omas, Opas, Tanten und Onkel, die sich ebenso über die kleine Prinzessin freuten.

Ich habe nicht viele Kindheitserinnerungen, nur Fragmente, allerdings alle positiv und schön.

Wochenenden bei der Oma, die mit mir und meinem Cousin Ausflüge unternahm. Wald, Berge, Flüsse, Natur, Sonne, Unbeschwertheit. Wir planschten in sauberen Flüssen, pflückten Blumen oder rodelten im Winter wie die Wilden gefährliche Hügel hinab. Der wichtigste Satz, wenn wir uns doch mal verletzten, war: „Bis du heiratest, ist alles wieder gut.“ Ich glaubte immer daran. Dass man sich auch nach der Hochzeit verletzen konnte, sagte mir niemand.

Kleine Abenteuer mit meinem Cousin und damals bestem Freund: Wir durften die Küchenwand bemalen, weil sie neu tapeziert werden sollte. Nach Fertigstellung unseres sehr dunkel gehaltenen Gemäldes überkamen uns doch Zweifel, ob das so gedacht war. Also packten wir unsere Kindergartentaschen und machten uns auf den Weg zu unserer Oma, um einer möglichen Strafe zu entgehen. Dass die 5 Kilometer weit entfernt wohnte, war uns eigentlich nicht wirklich wichtig. Dass wir nur bis zur Haustür kamen, störte uns schon viel eher. Die Malerei war übrigens noch 20 Jahre durch jede Tapete sichtbar.

Und er war so stark, immer war er mein Held. Als wir eines Nachmittags in einem Tümpel baden wollten und ich mich vor dem Schlamm am Rand ekelte, hob er mich ganz gentlemenlike drüber. Blöderweise waren wir nur ein Jahr auseinander und fast gleich groß. Dass das nicht gutgehen konnte, merkten wir, sobald wir plötzlich beide im Schlamm saßen. Oma musste uns mal wieder durch die Hintertür ins Hotel verfrachten, in dem wir mit ihr den Sommerurlaub verbrachten. Wir sahen aus wie die Schlamm-Catcher.

Nachmittage bei Mama im Geschäft, wo ich neben der Näherin am Boden sitzen durfte und gebannt zuschaute, während meine Mama Dirndl verkaufte. Den Lodengeruch und das warme Licht werde ich nie vergessen.
Opa, der mir zutraute, den Ringelschwanz einer Sau zu halten (weil ich den so gerne aß – nein, denkt nicht weiter drüber nach, das war einfach so), während er das Tier für die Wurst vorbereitete. Das klingt brutal, ich empfand es aber als Kind weder widerwärtig noch traurig. So war das Leben nun mal.
Papa, der mich sonntags zum Kartenspielen mitnahm und mir beibrachte, wie man aus Bierdeckeln tolle Häuser baut. Der Geruch nach Mörtel und Ziegelstaub, wenn er abends von der Baustelle heimkam. Die langen Urlaubstage, wenn ich am Strand von Jesolo stundenlang mit ihm Burgen und Muschel-Krokodile baute.

Meine Kindheit war unbeschwert und eine durchgängige Aneinanderreihung von Sonnentagen. Ich lebte mit meinen Eltern mehr oder weniger auf dem Land, hinter unserem Garten fingen die Felder an, dahinter naturbelassener Wald. Ich gehöre noch zu der Generation, wo man einfach zum Freund ging und anläutete und nicht vorher zwei Stunden per SMS einen Termin verabreden musste. Wir trafen uns einfach – und wir fanden uns immer.

Dann kam meine Schwester zur Welt und ich ein Jahr später in die Schule. Nach meiner Erinnerung hat sich nicht viel geändert. Das Baby schlief in meinem Kinderzimmer, meine Eltern waren nach wie vor für mich da, für meine Oma war ich sowieso ein himmlisches Wesen. Daheim wurde ich „Schnecki" genannt, weil ich mich beim Schlafen so einringelte, sodass man mich bequem auf einem Sofakissen unterbringen konnte. Der Name sollte später für mich noch weit mehr an Bedeutung gewinnen.

Meine Lehrerin war streng und ich habe sie geliebt. Bis heute verstehe ich nicht, warum sie niemand leiden konnte außer mir. Ich war (zumindest in der Volksschule) eine gute Schülerin, sah das aber nicht als besonderen Verdienst, sondern als „das gehört so".
Dafür zeichnete sich damals schon ab, dass ich kein Gruppenmensch bin. Ich hatte eine Busenfreundin, manchmal auch zwei, das war's. In die coolen Cliquen kam ich nie rein. Ich bewunderte und beneidete die Mädchen, die in diesen Gruppen ganz relaxt mit den Jungs herum blödelten, aber selbst wenn ich dabei sein hätte dürfen, wäre ich viel zu feige und schüchtern gewesen, um wirklich mitzumischen. Also stand ich abseits und war fasziniert von Mädchen, die schon vom Dreimeterbrett sprangen, als ich mich grade mal über Wasser halten konnte. Die im November noch mit Socken zur Schule kamen, wo ich vom ersten Schultag an nur mit Strumpfhosen erschien. Für mich waren das wilde, ungezähmte, lebensbejahende Kinder. Ich war damals noch programmiert auf brav, angepasst und lieblich, um zu gefallen.

Das einschneidenste Erlebnis dieser Kindertage war wohl mein Freund. Oh ja, ich hatte einen Freund, der noch dazu zwei Jahre älter war als ich.

Und von dem ich meinen ersten Kuss bekam. Auf die Wange. Heimlich in der Garage. Noch Stunden später glühte mein Gesicht. Er wollte mir das Barbie-Gewand seiner Schwester schenken, ich wollte ihm dafür mein Lego-Spielzimmer geben. Unsere Eltern waren dagegen, der Tausch erschien ihnen unfair. Ich fand nur unfair, dass ich nichts von ihm hatte, das ich in Händen halten konnte.

Seine Tante wohnte bei uns im Haus, und er besuchte sie relativ häufig. Wir spielten stundenlang Verstecken, Nachlaufen oder kochten aus Birken-Blüten-Würstchen etwas für meine Puppen.

Da er älter war, durfte ich auch mal auf die Straße raus mit ihm. Das Endergebnis: wir liefen so schnell nach Hause, dass ich über den Randstein stolperte und mir das halbe Gesicht blutig schlug.

„Bis du heiratest, ist alles wieder gut."

Dann zog seine Tante bei uns aus und er verschwand für viele Jahre aus meinem Leben. Als ich ihn viel später durch Zufall wiedertraf, hatte er nur mehr knapp ein Jahr zu leben. Er ging mit 18.

ZWEIGETEILTE JUGENDZEIT

Nach der Volksschule kam ich ins Gymnasium. Das war damals so. Ich hatte nur Einser und Zweier, damit schied die Hauptschule aus. Dass ich eigentlich viel zu faul und zu unselbständig war für diese Schulform, fiel erst mal nicht so auf.
Auch hier dasselbe Spiel: eine Freundin, vielleicht mal eine zweite, aber meist gab es dann sofort Streit. Damals begann zum ersten Mal die Abspaltung in mir selbst. Meine beste Freundin war ebenso brav und angepasst wie ich. Meine zweitbeste hatte Eltern, die ihre Geschwister hätten sein können, einen Künstlervater und ein – für mich – sehr unorthodoxes Leben. So etwas kannte ich noch nicht und war fasziniert. Stehlen konnte sie wie ein Rabe und mit ihr entdeckte ich das tolle Gefühl des Nervenkitzels. Eine Stunde Schulschwänzen? Aber sicher doch, wir sind fünf Kilometer von daheim weg. Ein Lineal oder eine Saftflasche im neben der Schule gelegenen Laden mitgehen lassen? Du guckst, ich stecke ein. Es gibt heute noch Kaugummis, die mich beim ersten Reinbeißen an diese Zeit erinnern.

Aber wieder einmal war ich unendliche Weiten von den coolen Kids in der Klasse entfernt. Cliquen, die wahrscheinlich nicht mal wussten, dass ich in die gleiche Klasse ging wie sie. Die Partys feierten, während ich immer noch jedes Wochenende bei meiner Oma verbrachte und mit Puppen spielte. Heimlich, versteht sich.
Einmal wagte ich den Versuch, grade mal dreizehn, bei einer solchen Party dabei sein zu dürfen. Ich hatte ein tolles Shirt, das wie dafür gemacht gewesen war. Schulterfrei, mit nur einem Ärmel. Ich durfte es bloß nicht außerhalb des Hauses anziehen. Da ich aber sowieso auch

die Erlaubnis nicht erhielt, die Party zu besuchen, war das nun auch wieder nicht so tragisch.

Dann kam der Sommer, in dem ich mich zum ersten Mal richtig verliebte. Im Freibad, durch Neckereien aufeinander aufmerksam geworden, interessierten sich zwei Burschen für mich und meine Freundin. Wir waren alle ungefähr auf dem gleichen Level und zeigten unsere Zuneigung durch Untertauchen, Nachlaufen, Beschimpfungen und Schubsen. Schnell kristallisiere sich heraus, wer zu wem passte. Von da an waren wir als Kleeblatt unterwegs.

Später brachte er mir aus seinem Urlaub eine Muschelkette mit, drei Wochen später überreichte ich ihm eine Sporttasche, ebenfalls im Urlaub gekauft. Offiziell natürlich für mich, niemals hätte ich es gewagt, daheim etwas von meinem Freund zu erzählen.

Leider war ich damals schon zu blöd zum Lügen. Wenn die Glücksgefühle bei mir überhand nehmen, sehe ich links und rechts von mir gar nichts mehr. So war es auch nicht schwer für meine Mutter, mich mitten im Freibad knutschend auf der Liegewiese zu entdecken. Ich hatte glatt vergessen, dass sie mit meiner Schwester ebenfalls im Bad war.

Als der Sommer zu Ende ging, war das auch das Aus für unser junges Glück. Er besuchte eine andere Schule als ich und vor seinen Freunden würde er sich ohnehin niemals mit mir zeigen. Lange Zeit fuhr ich nach der Schule noch mit demselben Bus wie er nach Hause, nur um ihn zu sehen. Dass er mich nicht einmal ignorierte, sondern gar nicht bemerkte, nahm ich in Kauf – leiden und mich selbst quälen konnte ich damals schon perfekt.

Im Jahr darauf durfte ich meine Oma bei einer Dreitages-Busreise begleiten, klassische Kaffeefahrt mit Deckenverkauf und kurzer Rundreise durch Österreich. Altersklasse zwischen uralt und scheintot. Wobei mir damals mit 14 auch alle über 30 schon uralt vorkamen. Einziger Lichtblick: ein junger Mensch in meinem Alter. Wir hatten eine wunderbare Zeit. Oma sah das alles nicht so streng wie meine Eltern, ich durfte sogar im Bus neben ihm sitzen. Vielleicht, weil sie nicht bedachte, wie viele dunkle Tunnel es zwischen dem Großglockner und Niederösterreich gibt. Vielleicht gönnte sie mir aber auch den Spaß. Im dritten Tunnel bekam ich meinen ersten richtigen Kuss. Und hatte einen Freund, der sich nicht für mich genierte. Der mich nach der Schule vom Zug abholte, nach Hause begleitete und mir zum Geburtstag einen großen weißen Teddy schenkte. Wie angepasst, feige und unselbständig ich damals noch war, zeigt vielleicht genau dieser Teddy: ich traute mich nicht, ihn mit nach Hause zu nehmen, weil ich Angst hatte, was meine Mutter dazu sagen würde.

Im Gegenzug dafür regte sich die Rebellin in mir: ich begann zu lügen, zu hintergehen und zu stehlen, was das Zeug hielt. In Briefen an Freundinnen tobte ich mich verbal aus, beschimpfte Eltern und Verwandte. Da war ich die Coole, die Unnahbare, die, die sich nichts gefallen ließ. In Briefen konnte ich das, die Freundschaften waren alle nur schriftlich vorhanden, niemand kannte mich wirklich. Aber auch die Freunde in meinem direkten Umfeld kannten immer nur einen Teil von mir, Bettina als Gesamtpaket gab es nicht mehr. Ich wusste oft selbst nicht mehr, was an mir noch echt war und was nur gespielt.

Ich wollte Kindergärtnerin werden. Mit Kindern zu arbeiten gefiel mir. Die Anmeldung für die Schule verlief wie fast alles in meinem Leben: leicht, unkompliziert und ich verschwendete nicht einen Gedanken daran, was wäre, wenn ich die Aufnahmeprüfung nicht schaffen würde. Plan B war keiner vorhanden.
Ich bestand und bekam als eine von 90 Schülern einen Schulplatz. Rund 200 andere bekamen keinen. Damit begann eine wunderbare Zeit für mich. Da die Schule circa 25 Kilometer vom Heimatort entfernt lag, verließ ich um sechs Uhr früh das Haus und kehrte erst abends wieder heim. Freistunden, Großstadt, Freiheit.
Damit begann ein Lebensabschnitt, der eigentlich für zwei Leben reichte. Einerseits lernte ich brav, kam nach der Schule heim, ging abends nicht aus, hatte eine liebe Freundin aus der Schule (Außenseiterin wie ich natürlich) und lebte sorglos und zufrieden mit meiner Schwester auf zwölf Quadratmetern. Meine Eltern liebten mich, meine mittlerweile zwei Schwestern und sich selbst, ich gehörte damals schon zu der exotischen Gattung von Kindern, deren Eltern niemals stritten und offensichtlich keine Probleme hatten. Wir hatten ein hübsches Heim, genug Geld für einen jährlichen Sommerurlaub und wenn es Probleme gab, fand meine Mutter eine Lösung. Immer. Ich habe lange gebraucht, meine Probleme selber lösen zu können oder für ein Versäumnis einstehen zu müssen. Notfalls saß Mama auch noch nachts um elf an der Nähmaschine, um Puppenkleider zu fabrizieren, weil ich die am nächsten Tag für die Schule brauchte und mir keine Gedanken darum gemacht hatte, wann und wie ich sie denn ordentlich hinkriegen würde.
Wenn in meinem Leben etwas nicht harmonierte, ließ ich Mama das in Ordnung bringen. Außer es ging um mich persönlich, dann versperrte ich ihr und jedem anderen jeglichen Zugang.

Papa war der Fels in der Brandung! Immer stark, immer ausgleichend, immer für Frieden sorgend, immer ruhig. Er musste nicht schreien, um etwas durchzusetzen. Nie. Er wurde ernst, er wurde streng, und er schaute traurig. Kein Kind schafft es, ungehorsam zu sein, wenn der Papa traurig war.

Daheim hieß ich Bina. Ich mochte den Namen, er klang so gemütlich, liebevoll, klein. Draußen wechselte ich jährlich meinen Namen, Tina gefiel mir noch am besten. Manchmal auch Betty, aber das klang so altbacken in meinen Ohren.

Mein anderes Ich war auf der sehnsüchtigen Suche nach einem Menschen, der mich mochte (ja, mir ist schon klar, wie paradox das klingt). Ich war bereit, alles zu geben, mich aufzugeben für Aufmerksamkeit, Zärtlichkeit und Liebe. Natürlich zog ich genau solche Typen an, die mich ausnutzten, irgendwann fallenließen und weitergingen. Zurück blieb eine weitere Enttäuschung, die ich irgendwo tief in mir vergrub.

In dieser Welt war ich Tina. Hart, cool, mit der Kraft, alles zu schaffen. Ich hatte Freunde, die ich nicht mal besonders mochte, nur deshalb, weil sie sich für mich interessierten. Ich schaffte es niemals, eine Beziehung zu beenden, egal wie kurz sie war. Einmal hätte ich es beinahe hingekriegt, doch dann sah ich den traurigen Blick und kehrte um. Zwei Tage später machte sich der junge Mann vom Acker, sein Interesse war erloschen.

Ich war 16 und schaffte es in eine ganz coole Clique. Die Jungs hatten Mopeds, die Mädels nahezu alle Erfahrungen mit Sex - und beinahe alle waren jünger als ich. Das war mir egal, Hauptsache, ich durfte endlich wo dazugehören. Ich himmelte stillschweigend den Freund meiner Freundin an, beneidete sie um diese Beziehung und genoss diesen Zusammenhalt der Gruppe. Dass ich auch dort nur geduldete Außenseiterin war, die man ab und an necken konnte, mit der man spielen konnte, sah ich nicht. Ich habe einmal versucht, mich gegen eine Ungerechtigkeit zu wehren und stritt mit einem der Mädchen. Der Rest der Clique zwang mich dazu, mich bei ihr zu entschuldigen. Daraufhin hatte ich nie wieder versucht, Recht zu haben. Die Clique war mir zu wichtig, als dass ich wegen etwas so Unnötigem wie Recht-haben ausgestoßen werden wollte.

Mit 17 besuchte ich in die Tanzschule – eine neue Welt öffnete sich. Nach den Tanzstunden durfte ich in die danebenliegende Disco gehen, meist bis halb eins, bis der Abendfilm aus war. Dann holte mich mein Vater ab.

Ich lernte eine andere Clique kennen, junge Männer, die schon Autos hatten, die teilweise schon arbeiteten und Geld verdienten. Wieder kam ich in eine schon länger bestehende Gruppe hinein. Man braucht kein Hellseher zu sein – ich war die, die ihre Insiderwitze nicht verstand. Einer dieser Männer interessierte sich für mich. Wow, ich war von den Socken. Ich hatte einen Freund mit Auto und Job. Er wollte Sex, ich wollte Liebe. Ich war nicht bereit, mit ihm ins Bett zu gehen. Daraufhin verlor er das Interesse, hatte aber so viel Anstand, es mir nicht eiskalt hin zu kippen. Er meinte, wenn er sich abweisend genug verhielt, würde ich selbst draufkommen. Tja, schade, da hat er sich die Falsche ausgesucht. Ich übersah sämtlich Anzeichen und tat so, als wäre alles in Ordnung. Bis mich ein Freund von ihm direkt ansprach und mir die Augen öffnete.

Zu diesem Zeitpunkt begann ein Verhalten, dass ich jahrzehntelang nicht mehr ablegte. Ich konnte nicht loslassen. Ich klammerte, ich wurde lästig. Und vor allem wurde ich peinlich. Ich merkte es nicht einmal. Ich war schon Stalkerin, bevor man dieses Wort überhaupt erfand. Telefonanrufe, unangekündigte Besuche, auflauern vor der Arbeit, beknien der Freunde, mir zu helfen. Seiner Freunde, wohlgemerkt. Ich überredete ihn, mich auf eine Party mitzunehmen. Dort betrank ich mich so sinnlos, dass ich bewusstlos wurde. Mein größtes Glück inmitten dieser fremden Menschen war jener Freund, der mir damals erklärt hatte, dass die Beziehung beendet wäre. Er kümmerte sich um mich und brachte mich irgendwann heim. Ich weiß nicht, ob er damals in mich verliebt war oder es einfach aus Nächstenliebe tat, aber er half über die Trennung. Ohne auf eine Beziehung zu bestehen.

Bald darauf lernte ich meinen ersten Ehemann kennen. Sollte es jetzt jemanden überraschen, dass mich eine Freundin einer Gruppe Jungs vorstellte, hat er den Text bisher nicht gelesen. Ich trat in der Altersstufe wieder einen Schritt zurück, die gesamte Partie war in meinem Alter. Also kein Auto mehr, die Burschen gerade mal im ersten oder zweiten Lehrjahr, keiner von uns hatte Geld. Das störte uns aber nicht, Ribisel- und Erdbeerwein gab es billig im Supermarkt, und nachmittags und abends hingen wir im Freien herum, bastelten an schrottreifen Mopeds und grillten im Schrebergarten. Meine Freundin krallte sich den bestaussehendsten Jungen der Clique, ich gab mich mit dem zufrieden, was ich abkriegte. Es sollte ja nur übergangsweise sein, bis sich etwas Besseres fand. Ich suchte allerdings nicht sehr intensiv.
Ich war glücklich. In der Schule lief es gut, mein Freund liebte mich auf seine Art – ja, okay, die war etwas merkwürdig, aber besser als nichts.

Die Clique hatte Bestand und mich vollkommen akzeptiert. Ich durfte sogar ein paar Tage mit meinem Freund Urlaub machen. Wir zelteten im Garten seiner Oma und wir waren frei und ungebunden.
Sechs Monate nach unserem Kennenlernen waren wir verlobt. Das war knapp vor meinem 18. Geburtstag.
Damit endete meine Jugendzeit. Nicht von einem Tag auf den anderen, aber schleichend, langsam, gleichmäßig. Es fiel nicht wirklich auf.

WENN TRÄUME REALITÄT WERDEN

Ich hatte Träume, Wünsche, Ziele. Ein eigenes Häuschen, sonnendurchflutetes Wohnzimmer, Ehemann, mindestens drei Kinder. Trautes Heim, Glück allein. Ich wollte wie bei „Unsere kleine Farm“ zwar nicht gleich das Brot selber backen, aber so in etwa war mein Traumbild schon angesiedelt. Liebender Ehemann, gemeinsame Unternehmungen. Meine Eltern hatten mir die perfekte Ehe vorgelebt, drei wohlgeratene Kinder, die keine Probleme verursachten – so etwas wollte ich auch haben.

Geordnet, sauber, auf Hochglanz poliert. Dass ich ein extrem unordentlicher Mensch bin, der Partner völlig andere Interessen verfolgte – ich negierte all dies und hielt fest an meinem Bild. Was nicht passte, kam in eine Schublade und wurde ignoriert.

Nach meinem Schulabschluss mit einem dann doch etwas bescheidenen Abschlusszeugnis wollte mich keiner der klassischen Arbeitgeber haben. Also fing ich erst mal an, in einem großen Einkaufszentrum auf Kinder aufzupassen, deren Eltern gerade einkauften.

Das hielt ich nur zwei Monate durch, nicht weil der Job so furchtbar war, sondern weil mich die Geschäftsleitung dort einsetzte, wo Not am Mann war. Da es selten Kinder gab, die zwei Stunden herumsitzen wollten, während die Eltern die tollsten Dinge kauften, wurde ich abkommandiert, um Plastiktüten mit Klebeband zu versehen – es stand irgendetwas drauf, was rechtlich nicht drauf stehen durfte. Dann durfte ich im Zelt am Parkplatz Gartenutensilien verkaufen. Da ich weder von Preisen noch dem Kassasystem eine Ahnung hatte, gab es damals bestimmt viele Menschen mit unglaublich günstigen Gartengeräten und Terrassenzubehör. Ich verkaufte nach Gefühl und Sympathie.

Ich kündigte, und fuhr mit meinem Freund auf Urlaub. Irgendetwas würde sich schon finden. Und dann fand ich einen Job als Horterzieherin im Nachbarort. Voller Euphorie erzählte ich meiner Freundin davon, die auch noch suchte – und verlor beinahe die Stelle, bevor ich sie antreten konnte. Ihr Vater war einflussreich dort und sicherte ihr den Platz. Mein Glück war, dass der Arbeitgeber damals beschloss, dass zwei besser sind als eine und uns beide anstellte.

Wir waren im Paradies. Gerade der Schule entkommen stellte uns unser Vorgesetzter in zwei ehemalige Schulräume und gestattete uns, sie so einzurichten, wie es sich wohl gehörte. Der Hort-Betreiber hatte ein ehrgeiziges Projekt und Geld – wir hatten Fantasie und Freude am Einkaufen. Perfekte Kombination.

Die Zeit war lustig, wir hatten einen Job, waren zwei Paare, die sich alle untereinander verstanden und wohnten sehr günstig bei der Mutter meines Partners. Bis sie uns eines Tages rauswarf.

Ich schaltete wieder die Hilfe meiner Eltern ein, mich selbst um ein Problem zu kümmern kam mir gar nicht in den Sinn. Die organisierten für uns unsere erste eigene Miniwohnung, in der wir endlich schalten und walten konnten, wie es uns passte. Wir mussten zwar das Geschirr in der Badewanne abwaschen, die Dreckwäsche meiner Mutter bringen und abends das Zimmer umbauen, um ein Bett zu haben, aber wir waren allein.

Mein Freund war noch in der Lehre, und so machte ich erst mal den Führerschein, um uns noch unabhängiger zu machen. Wie ich mein erstes Auto bezahlen sollte? Keine Ahnung, wird sich sicher finden.

Der Kurs war im Nachbarort, ich musste abends nach dem Kurs eine Viertelstunde zu Fuß heimgehen. Neben einem finsteren Fabrikgelände. Das gefiel einem Bekannten nicht, und so holte er mich jedes Mal vom

Zug ab. Mein Freund war dazu zu müde, zu faul, zu lethargisch. Wieder war da jemand, der sich um mich sorgte und mir Aufmerksamkeit schenkte. Ich agierte nach gewohntem Verhaltensmuster und ließ mich verwöhnen, verlieben inklusive. Irgendwann bemerkte mein Freund dann doch meine geistige Abwesenheit und schlich mir hinterher. Dass er mich dabei erwischte, wie ich dieses kurze Zwischenspiel zu beenden versuchte, konnte er nicht wissen. Das Drama war groß. Wir rauften uns wieder zusammen.

Nach einem Jahr mussten wir unser kleines Nest wieder verlassen. Zurück zum Start, wir landeten wieder bei seiner Mutter. Auf die Idee, sich in diesem Jahr um eine eigene Wohnung zu kümmern, kamen wir gar nicht.

Wir ließen wieder andere für uns suchen, bis meine Mutter eine Wohnung für uns ergatterte. Papa tapezierte, wir brauchten nur mehr den Mietvertrag zu unterzeichnen und konnten einziehen.

Vier Jahre, in die der Alltag schneller einkehrte als geplant. Arbeiten, kochen, aufräumen. Geld für Urlaub war keines da. Irgendwann beschlossen wir, dass wir nun lange genug beisammen wären und der nächste Punkt die Hochzeit sei. Gehört sich ja so. Ich war einundzwanzig, hatte eine Wohnung, einen „Übergangspartner", der sich von mir ebenso wenig trennen konnte wie umgekehrt, einen Job und ein Auto. Das sollte doch genügen für meine Lebensplanung.

Wie wichtig mir die Hochzeit war, mag man daraus erkennen, dass ich den Termin meinen Eltern im Supermarkt mitteilte, als ich sie zufällig beim Einkaufen traf. Ich legte den kompletten Ablauf in ihre Hände. Das Kleid – ein Prinzessinnentraum in Tüll und Taft – spendete die Oma, wo die Tafel stattfinden sollte, suchten meine Eltern aus. Wer eingeladen

wurde, ebenso. Da sie die Hochzeit auch bezahlten, fand ich das völlig in Ordnung.
Erinnern kann ich mich an diesen Tag kaum mehr, alles zog wie im Film an mir vorbei. Ich tat, was von mir erwartet und verlangt wurde und war der Mittelpunkt für einen Tag. Danach ging das Leben weiter wie gewohnt.
Die Hochzeitsreise ging nach Jesolo, im Gepäck zwei Tuben Sonnencreme für mich und 20 Micky Maus-Bücher für meinen Mann, der mochte weder Sonne noch Sand. Zehn Tage, in denen ich am Strand lag und er im verdunkelten Zimmer.

VON TRAUER UND GLÜCK

Wieder daheim, widmete ich mich dem nächsten Punkt meiner Wunschliste: ich wollte ein Kind. Mein Mann wollte das nicht. Je mehr ich nachfragte, desto mehr machte er dicht. Ich brauchte fast ein Jahr, um ihn zu überreden. Jeder vernünftige Mensch hätte bemerkt, dass das so nicht funktionieren kann. Ich nicht. Ich wollte etwas, also kämpfte ich darum.

Das Ergebnis dieses Kampfes war mein Sternenkind. Ich war 23, gesund und mehr als gebärwillig. Bei einer Standarduntersuchung in der 20. Schwangerschaftswoche wurde eine Anomalie festgestellt. Der Arzt schickte mich ins Krankenaus zu weiteren Untersuchungen. Wie in Trance fuhr ich heim, weckte meinen Mann, der sich eine Stunde zuvor nach dem Nachtdienst hingelegt hatte und begab mich ins Spital. Stundenlange Untersuchungen, in denen niemand mit mir sprach, mir niemand etwas erklärte. Ich kämpfte mit den Tränen, wollte tapfer sein, bevor ich nichts Genaues wusste.
Irgendwann kam ein Arzt zu mir und erklärte mir in unverständlichen Begriffen, was mit meinem Baby nicht stimmte und dass man die Geburt einleiten würde. Es wäre nicht lebensfähig und die Qual, bis zum Ende der Schwangerschaft zu warten, wollte man mir ersparen. Was ich wollte, stand nicht zur Debatte. Ich sollte mich am nächsten Tag im Krankenhaus einfinden, dann würde man die Geburt einleiten. Ich war betäubt, ließ einfach alles mit mir geschehen. Ich wusste nichts mehr, ich wollte nichts mehr. Ich saß nur da, hörte Musik und streichelte meinen Bauch. Mein Mann saß hilflos daneben.

Am nächsten Tag packte ich meine Sachen und begab mich in die Hände der Ärzte. Die Wehen wurden eingeleitet, nichts tat sich. Den ganzen Tag durfte ich weder essen noch trinken, es könnte ja nach der Geburt eine OP nötig sein. Die Nacht war lang. Am nächsten Tag das gleiche Spiel. Diesmal klappte es mit den Wehen. Warum ich mich stundenlang quälen musste und das Kind nicht einfach geholt wurde, verstand ich nicht. Ich fragte aber auch nicht nach. Ich war tapfer. Abends waren die Wehen kaum noch erträglich, seit Stunden hing ich in den Seilen, durfte weder aufstehen noch sonst etwas tun. Nur warten. Irgendwann spät nachts begannen die Presswehen und ich brachte einen barbiepuppengroßen Buben zur Welt. Ich wollte ihn sehen, die Hebamme wollte das nicht. Ich setzte mich durch. Er sah so perfekt aus, so unversehrt. Hatten die Ärzte sich geirrt bei der Diagnose? Die Schwester packte das kleine Bündel ein und brachte es weg. In den Müll. Damals wurde kein großes Aufhebens gemacht, das Kind war eine Totgeburt, also kein Begräbnis, kein Sammelgrab. Mein Sternenkind war der einzige Sohn, den ich je zur Welt gebracht habe.
Weil ich weder Kraft noch Lust hatte, musste anschließend eine Kürettage gemacht werden, um den Mutterkuchen zu entfernen. Mir war das egal, sollten sie doch tun, was sie für richtig hielten. Das einzige Mal, als ich mit Mordabsichten noch mal halbwegs zu mir kam, war, als mich der Pfleger vor dem OP fragte, ob die Geburt gut gelaufen wäre und was es „denn sei"? Ich murmelte nur: „Tot!", und wandte mich ab.
Am nächsten Tag erklärte mir ein Arzt, dass das Baby wegen schwerster Schäden und Behinderungen nicht lebensfähig gewesen wäre, ich hätte ihn noch normal zur Welt bringen können, dann wäre er aber binnen Stunden verstorben. Und ich solle doch froh sein, dass ich das nicht mitmachen musste. Dass ich trotzdem stundenlang in den Wehen liegen

musste, befand er nicht für erwähnenswert, immerhin hatte mir das Krankenhaus ja einen Gefallen getan und mir die Entscheidung abgenommen.
Übrigens, falls dies jemals ein Arzt oder eine Krankenschwester lesen sollte: Der Satz: „Sie sind ja noch jung und können noch viele Kinder haben“, ist in dieser Situation so ungefähr das Herzloseste und Unangebrachteste, was man von sich geben kann.

Viel später erfuhr ich, dass es eine Alternative gegeben hätte. Ich hätte meinen Sohn austragen könne. Ja, er wäre kurz darauf gestorben – und gleichzeitig hätte er andere Babys retten können. Als Organspender. Dass mir diese Möglichkeit genommen wurde, habe ich dem Krankenhaus niemals verziehen.
Jeder versicherte mir zwar, dass ich das nicht durchgestanden hätte und es so viel besser sei. Ich bin aber auch heute noch überzeugt, dass es für mich der bessere Weg gewesen wäre.

Ich weigerte mich, das Krankenhaus zu verlassen. Dort war es mir egal, dass ich kein Baby mehr in meinem Bauch hatte. Aber daheim? Wo die ersten Strampler lagen? Nein, das ging nicht, das schaffte ich nicht.
Natürlich blieb mir nichts anderes übrig, der Arzt meinte noch, ich solle einfach ein paar Tage Urlaub machen und dann ginge das schon alles wieder. Da niemand der Meinung war, ich müsse in irgendeiner Form betreut oder therapiert werden, nahm ich die Situation als gegeben hin und machte weiter mit meinem Leben. Ich räumte heulend die Babykleidung weg und kümmerte mich wieder um den Alltag.
Und ich zögerte nicht eine Minute, es noch einmal zu versuchen.

Gleichzeitig hatten wir uns ein Reihenhaus gekauft. Ohne einen Groschen Geld gespart zu haben. Aber das Haus wurde in meinem Heimatdorf gebaut und die Banken wollten ja auch von etwas leben.
Wir gingen dieses Projekt genauso an wie alles andere: unbeschwert, ohne weiterführende Informationen oder Geld. Wird schon gehen.
Ich war 24, als wir einzogen. Himmel, was waren wir stolz. Unser eigenes Haus. Ja, ok, daneben standen sieben identische Häuser, der Garten hatte Handtuchgröße, und genau genommen gehörte es der Bank. Aber hallo? Den Schlüssel hatten wir. Es fehlte zwar an Möbel oder Geld für Vorhänge, aber wozu waren wir beide handwerklich begabt? Wir überzogen die alten Möbel aus der Wohnung mit den ebenso alten Vorhangstoffen aus derselben und schon hatten wir neue Möbel. Glühbirnen geben auch Licht, und einen Fernseher kann man auch auf eine Holzkiste stellen.
Na eben, war doch alles kein Problem. Vier Wochen nach dem Einzug war ich wieder schwanger. In diese Siedlung zogen damals meist gleichaltrige, junge Familien, die wie wir grad mal verheiratet waren oder das nach dem Einzug hinter sich brachten. Drei von uns wurden zeitgleich schwanger. Wie praktisch. Jede von uns war im Erzieherbereich berufstätig und keine von uns hatte die geringste Ahnung, was man mit einem Baby so macht.
Ich hatte mein Lebensziel erreicht: Haus, Baby, Familie, sogar die Sonne schien ins Wohnzimmer. Für kurze Zeit war ich rundum zufrieden und glücklich.
Besonders als mein Bilderbuchbaby geboren wurde: dunkle Augen, lange schwarze Haare (mit drei Monaten konnten wir die ersten Zöpfchen machen) und ständig schlafend. Nach ihr konnte man die Uhr stellen, sie wachte pünktlich alle vier Stunden auf, aß und schlief wieder

ein. Manchmal auch während der Mahlzeit. Dann musste ich sie durch Wickeln oder Baden wieder aufwecken.
Schon bald allerdings kehrte der Alltag zurück. Gleichgültigkeit, Machtspiele, Unverständnis für den anderen. Ich hatte meine Ziele durchgesetzt, ohne Rücksicht auf eventuelle Wünsche meines Mannes. Ich wollte etwas und ging davon aus, dass er sich schon damit anfreunden würde, wenn es da wäre.

Ob wir von Anfang an nicht zusammenpassten, und nur zu faul waren, nach einem anderen Partner zu suchen oder ob wir einfach zu jung waren und nur von daheim weg wollten, sei dahingestellt. Es wurde immer offensichtlicher, dass es nicht funktionieren würde. Das war für mich sehr hart, wünschte ich mir doch die perfekte Ehe meiner Eltern. Wie konnte ich da überhaupt über Scheidung nachdenken? Scheitern kam nicht in Frage, also versuchte ich andere Strategien. Ich wollte noch ein Kind, mein Mann nicht. Ich gewann wieder. Oder besser gesagt meine zweite Tochter, die sich einfach einnistete, ohne viel nachzufragen. Als ich es ihm sagte, zog er aus. Nun war ich allein mit einer Einjährigen, schwanger und einem Haus, das der Bank gehörte. Als erstes stellte ich die Möbel um. Übersprunghandlung nennt man das wohl. Eigentlich fühlte ich mich ganz wohl, so frei und unabhängig. Keiner mehr, der mit mir meckerte, niemand, der mir auf die Nerven ging. Andererseits war ich so gefangen in meinen Verhaltensmustern, und zu denen gehörte ganz bestimmt nicht „abwarten". Tee trinken ging ja noch, aber bei der Vergabe der Geduld muss ich wohl anderweitig beschäftigt gewesen sein. Also kämpfte ich um meine Ehe, spannte eine gemeinsame Freundin ein, die mir helfen sollte, meinen Mann wieder zu kriegen. Nach fünf Monaten hatte ich wieder mal mein Ziel erreicht, er

kam zurück. Dass er das nur aus Bequemlichkeit tat, übersah ich großzügig. Ich hatte meine Familie wieder, das genügte mir fürs Erste.
Meine 2. Tochter wurde geboren und entpuppte sich als kleine Tyrannin. Anders als die Erste brüllte sie Tag und Nacht, wollte nicht essen, nicht schlafen, sich nicht ablenken lassen. Sie musste vom ersten Tag ihres Eintritts in einen Menschenkörper ums Überleben kämpfen und diese Taktik behielt sie einfach bei. Wir sollten bloß nicht vergessen, dass sie da war.
Unser Leben plätscherte dahin, wenn es jemals Gemeinsamkeiten gab, hatten die sich in Luft aufgelöst. Ich kümmerte mich um die Kinder, mein Mann gab das Geld, das er verdiente für Nutzlosigkeiten aus. Die Schulden wuchsen täglich. Wir stritten nicht mal mehr, wozu auch?

Kurz nach meinem 28. Geburtstag kam mein Mann von der Nachtschicht heim, weckte mich um drei Uhr früh und teilte mir mit, dass er die Scheidung wünsche. Wieder einmal hatte ich es nicht geschafft, einen Schlussstrich zu ziehen, hatte abgewartet, gehofft und dabei zugesehen, wie unsere Beziehung zerbrach.
Dann allerdings wurde ich aktiv. Binnen sechs Wochen waren wir geschieden, ich behielt Haus, Kinder und Schulden, er fing ein neues Leben an. Unbelastet.
Ich wollte endlich leben. Was ich darunter verstand, gehört eigentlich unter den Mantel des Schweigens. Ich war nicht mehr zu halten, war jedes Wochenende unterwegs, schleppte reihenweise die Männer ab. Sie mussten mich nur anlächeln, mehr brauchte ich nicht. Nicht mal eine Grippe konnte mich aufhalten. Erkältungsbad, drei Stunden ins Bett gepackt und schon ging es wieder ab.

Zwischendurch packte ich spontan meine Kinder zusammen und machte Urlaub bei oder mit Freunden.

Ich hatte innerhalb eines Monats meinen Arbeitsplatz verloren, der nach der Karenzzeit nicht verlängert wurde, meinen Mann inklusive jeder Menge Freundinnen, die er in den letzten Jahren für seine Zwecke gebraucht hatte und meinen Lebenstraum. Dafür hatte ich Schulden, von denen ich nicht die geringste Ahnung hatte, wie ich sie je bezahlen sollte und zwei Windelkinder.
Ich machte mir keine Gedanken darum. Es würde schon weitergehen. Irgendwie. Wie immer.

Dann kam Ende Juni eine Woche, die mich an den absoluten Rand meiner Existenz brachte. Ich stand einen Schritt vom Abgrund entfernt und sah es nicht. Im Gegenteil, ich war der Meinung, mich endlich zu spüren.
Nachdem ich mit einer Freundin und meiner älteren Tochter eine Woche Urlaub in Italien gemacht hatte, fuhr ich die Nacht durch, um sie und die Kinder heimzubringen. Direkt danach packte ich meine Sachen, fuhr zu einem Freund nach Wien, um mit ihm das Donauinselfest zu besuchen. Irgendwo dort verloren wir uns und ich verbrachte die Nacht bei jemandem, den ich dort am Fest kennengelernt hatte. Ich wusste nicht mal seinen Namen.
Nach ein paar Stunden Schlaf kehrte ich sofort zurück, kaufte mir dort ein Frühstück und genoss die Sonne. Eine Gruppe junger Männer sprach mich an, bezahlte mir ein Getränk und blödelte mit mir. Wo war ich hingeraten? Ich saß mittags um zwölf mit fremden Männern auf

einem Fest und trank. Bis zum Abend war nur mehr einer übrig aus der Gruppe, mit dem verbrachte ich die Nacht.
Früh morgens musste ich heim, die Kinder abholen. Nun hatte ich seit drei Nächten kaum mehr geschlafen, das war den Mädchen aber egal. Am nächsten Tag gab ich sie wieder bei ihrem Vater ab, um mit Freundinnen zu einem Konzert zu fahren. Wir wollten zwei Tage vorher schon vor der Halle zelten, um gute Plätze zu ergattern. Am ersten Abend telefonierte ich mit meinem Donauinsel-Begleiter. Er bat mich, doch zu ihm zu kommen. Ich erklärte ihm, dass ich etwa 200km von ihm entfernt sei. Das war ihm egal. Was ich tat? Ich bat meine Freundin, mir den Platz freizuhalten und fuhr nach Wien zurück. Für einen Tag mit ihm. Wer solche Sehnsucht nach mir hatte, musste sich wohl in mich verliebt haben. Also machte ich das gleiche und verliebte mich ebenfalls.
Abends fuhr ich wieder zurück und verbrachte eine unterhaltsame Nacht mit anderen Konzertgängern. Tags darauf war Schluss, ich hatte so ein Schlafdefizit, ich hätte im Stehen schlafen können. Irgendjemand schob mir eine Tablette in die Hand, die ich mit einem Energydrink runterspülen sollte. Ich fragte nicht mal nach, worum es sich handelte. Kurz darauf begann ich zu zittern. Das sei normal, beruhigte mich meine neue Bekannte. Abends erlebte ich das Konzert sogar relativ fit. Allerdings beschlossen wir, der Gruppe doch gleich zum nächsten Konzert nachzufahren. Nochmal 500km mit meinem Auto. Vier Menschen, die mir offenbar blind vertrauten und einstiegen. Nach etwa der Hälfte musste ich stehen bleiben. Ich sah LKWs, wo keine waren und Bäume und Häuser in einem langen Tunnel. Der Tunnel war da, die Landschaft nicht. Endlich übernahm jemand anderer das Steuer und ich schlief völlig erschöpft ein.

Dort angekommen versuchte ich meinen neuen Freund anzurufen. Er war nicht erreichbar. Den ganzen Tag über wanderte ich immer wieder zur Telefonzelle. An das Konzert am Abend habe ich keine Erinnerung mehr. Ich lief nur mehr auf Autopilot.
Wir wollten gleich nach dem Konzert die Heimreise antreten, jeder wünschte sich nur mehr eine Dusche und sein Bett. Damals waren Handys noch selten, und SMS-Schreiben etwas völlig Utopisches. Ich hatte ein Handy und konnte auch schon SMS schreiben. Mein Fehler.
Mitten auf der Autobahn erhielt ich eine Nachricht und las sie während der Fahrt. Mein zweiter Fehler.
Der Mann, von dem ich dachte, er wäre meine neue Beziehung, beendete schriftlich, was noch gar nicht richtig begonnen hatte. Ich solle ihn doch bitte vergessen und ihn auch nicht mehr anrufen.
Ich warf mein Handy quer durchs Auto und scherte auf den Pannenstreifen aus. Wut, Enttäuschung, Verzweiflung – alles gleichzeitig.
Der Rest des Tages ist nicht weiter erwähnenswert.

Und doch ließ mir dieser Mensch keine Ruhe, ich verstand es einfach nicht. Also schrieb ich ihm einen Brief, den ich ihm vor die Haustür legte. Wie „verhaltensoriginell“ ich damals war, mag man daran erkennen, dass dieser Mann 30km von mir entfernt wohnte und ich mit dem Auto hinfuhr, um den Brief zu hinterlegen.
Eigentlich endet hier die Geschichte, er fand es nicht einmal der Mühe wert, darauf zu antworten. Dafür nahm er den Brief zur Arbeit mit, um sich mit Arbeitskollegen darüber zu amüsieren. Einer war dabei, der lachte gar nicht darüber, der fand diesen Brief sehr berührend. Aber echte Männer haben ja keine öffentlich vorzeigbaren Gefühle. Also

machten sie sich den Spaß, mit des Kollegen Handy mir eine Nachricht zukommen zu lassen. Ich war zu blöd, sie zu verstehen und antwortete völlig unbedarft darauf.
Die folgende schriftliche Unterhaltung war denkwürdig, bleibt allerdings in der Kiste der Privatangelegenheiten. Auf jeden Fall inspirierte sie uns so, dass wir am nächsten Tag miteinander telefonierten. Und am Tag darauf wieder. Am 3. Tag beschlossen wir, dass ein Kennenlernen vielleicht angebracht wäre.
Eine Woche nach unserem ersten Kontakt hatten wir unser Blind Date. Das dauerte die ganze Nacht, in der wir quer durch den Wiener Prater latschten und unser Leben voreinander ausbreiteten. Die Übereinstimmungen waren phänomenal und fast unglaublich. Zwischendurch schaute ich mich immer wieder verstohlen um, ob gleich irgendwo die versteckte Kamera zum Vorschein käme – irgendjemand musste diesen Menschen geimpft haben. Alles, was er mir erzählte war etwas, was ich mir schon immer wünschte. Oder wie ich mir mein Leben vorgestellt hatte.
Kleiner Haken an der Sache: er lebte in einer Beziehung und wollte am übernächsten Tag mit Partnerin und Bruder für drei Wochen auf Urlaub fahren. War ja klar, warum sollte ausgerechnet ich einen Mann abkriegen, der zu mir passte wie das berühmte Deckelchen auf den Topf?
Den konnte ich abhaken, egal, wie toll er war. Nach den drei Wochen würde er nicht mal mehr wissen, wie ich hieß. Na gut, aber zumindest hatte ich mal einen netten Abend mit jemandem verbracht, der sich mit mir unterhalten und nicht gleich an die Wäsche wollte. Man muss ja dankbar sein.

Da das gemeinsame Date bis sechs Uhr früh dauerte, meine Babysitterin aber zur Arbeit musste, würde der nächste ein langer Tag werden. Eine Stunde Schlaf ist auch mit 28 nicht so immens viel. Wach hielten mich liebevolle und zärtliche Textnachrichten, die ich bekam. Der Mann ging ja ran, alle Achtung. Wir wollten uns vorm Urlaub noch einmal sehen, weil ich diesmal keinen Babysitter auftreiben konnte, kam er zu mir heim. Eine gestohlene Stunde, dann der Abschied, der für mich endgültig war.

Als kurz darauf der Anruf kam, er hätte den Urlaub abgesagt und seine Beziehung beendet (alles in einem Satz), war ich sprachlos. Damit hätte ich im Leben nie gerechnet. Ich wusste auch im ersten Moment gar nicht, ob ich erstaunter über das Vorgehen sein sollte oder weil jemand für mich sein ganzes Leben umkrempelte. Mit Selbstbewusstsein war ich ja nun nicht so sehr gesegnet, das ging über meinen Horizont.
Also schaltete ich mal auf „Abwarten und Gucken, was kommt“. Er wollte am nächsten Morgen zu mir kommen, dann würde man ja weitersehen.
Der nächste Morgen kam, der Mann meiner Träume kam und als er mich am Abend fragte, ob ich ihn heiraten möchte, wusste ich, dass er auch bleiben würde.
Zwei Monate später waren wir verheiratet. Das ist jetzt 15 Jahre her. Seither konnte ich eine Menge Träume in meinem Leben verwirklichen. Mein Mann liebt mich über alles, ebenso wie ich ihn. Bei der Hochzeit haben wir uns ein Versprechen gegeben, das wir vor Kurzem erneuert haben. Warum? Ich hätte um ein Haar unser Ziel aus den Augen verloren. Glücklicherweise ist er dann mein Fels in der Brandung, mein Leuchtturm, der mich sicher und beschützt wieder in den Heimathafen bringt. Er nimmt mich, wie ich bin und dafür liebe ich ihn über alles.

Gemeinsam erfüllen wir unsere Träume. Er hat mich bisher bei jedem meiner Pläne unterstützt, egal, wie utopisch oder dumm sie waren. Er versteht mich, ohne dass ich etwas sagen muss und ist immer für mich da. Die ersten Jahre hatte ich wahnsinnige Angst, dass ihm etwas passieren könnte. Einfach, weil ich nicht daran glaubte, solch ein Glück verdient zu haben.

Unsere Familie vergrößerte sich auf insgesamt 4 Kinder und einen Hund und wir haben unser Nest liebevoll hergerichtet. Ich hatte alles, was ich mir wünschen konnte, und trotzdem fehlte etwas.

Nein, ich war nicht unzufrieden oder rastlos. Ich bemerkte es jahrelang gar nicht. Aber irgendwann spürte ich in mir, dass es da noch mehr geben musste. Wo war der Sinn des Ganzen? War das alles? Wir kommen zur Welt, wurschteln uns durchs Leben und sterben irgendwann? Wozu das Ganze?

Aber wo sollte ich Antworten finden? Gab es jemanden, der wusste, was der Sinn des Lebens war?

Diese Gedanken spielten sich knapp außerhalb meiner Reichweite ab, immer im Hintergrund, aber nie wirklich greifbar. Bis zu meinem 40. Geburtstag. Ab diesem Moment änderte sich mein Leben wieder mal von Grund auf. Diesmal allerdings weniger dramatisch und laut, sondern still und leise, aber tiefgreifender.

Ich habe bei weitem weniger Antworten erhalten als erwünscht, dafür umso mehr neue Fragen. Aber das ist ok.

Magst du mit mir auf Entdeckungsreise gehen? In ein Land, das Erfahrung heißt?

TEIL 2

DAS IST JA FAST WIE STRICKEN

Ich spiele gern mit Metaphern, um etwas verständlich zu machen. So in etwa sehe ich das spirituelle Leben:

Ok, ich bin vielleicht ein bisschen eingeschränkt in der Visualisierung, aber ich finde den Vergleich gar nicht so weit hergeholt. Lass uns erst mal die Parabel genauer anschauen und dann mit der spirituellen Welt vergleichen (Wir leben in der Dualität, von daher sind Vergleiche legitim und erlaubt. Zu diesem Thema kommen wir später noch genauer.).

Am Anfang deines Lebens kriegst du ein Wollknäuel in die Hand gedrückt: weich, flauschig, bunt, einfarbig, dick, klein – je nachdem. Du hast es dir vorher sorgfältig ausgewählt.
Das Spannende ist, du hast beim Stricken nur zwei verschiedene Maschen: glatt und verkehrt – die dazu noch auf der Rückseite die jeweils andere Masche ergeben. Somit ist also alles eins – es kommt nur auf die Sichtweise an. Was du nun strickst, ob ein einfaches Muster oder hochkompliziert mit Zöpfen, Noppen oder gelocht, bleibt einzig und allein dir überlassen. Ob du am Ende einen gleichförmigen Schal in Händen hältst oder einen aufwändig gearbeiteten Mantel, ist ebenfalls deine Entscheidung.

Die Grundvoraussetzung ist immer die gleiche: du hast das Material, jetzt lerne, etwas daraus zu machen. Anfangs ist es ein langer, loser Faden, der durch die Verarbeitung so ineinander verknüpft und verschlungen wird, dass er am Ende eine kompakte Einheit ergibt.

In diesem Starterwollknäuel wurden verschiedene Ereignisse verarbeitet. Es liegt nun an dir, ob du sie herausarbeitest und präsentierst oder achtlos in dein Arbeitsstück einflichst und gar nicht richtig bemerkst, dass es da etwas gegeben hätte, was man hervorheben hätte können.

Anfangs ist es gar nicht so einfach, mit den Stricknadeln umzugehen. Du bist unsicher, vielleicht verkrampft, verlierst hier und da eine Masche oder verzählst dich im Muster. Durch wiederholtes Auftrennen und Neuprobieren gelingt es dir mit der Zeit immer besser, gleichmäßig und konstant zu arbeiten. Du traust dich an ausgefallenere Kombinationen. Aber immer noch sind es nur zwei verschiedene Maschen, die du verwenden kannst. Nicht mehr, nicht weniger. Und auf der Rückseite deines Stücks siehst du, wie es aussehen würde, hättest du dich auf der Vorderseite für die andere Variante entschieden.

Wir kriegen zu Beginn kein Schnittmuster geliefert – wir kriegen nur das Material – und das Werkzeug, um damit etwas anzufertigen. Ob du am Ende damit zufrieden bist, kannst nur du entscheiden, es gibt keine Schiedsrichter, die dein Werk begutachten. Es gibt auch keinen Preis für das schönste Stück – weil es am Ende keine Vergleiche mehr gibt, wenn der Faden zu Ende gestrickt, das Wollknäuel aufgebraucht ist.

Schauen wir uns nun die Verbindungen zu einem (spirituellen) Leben an, sehen wir, dass wir zu Beginn alle relativ gleich ausgestattet sind: mit Eltern, die uns die Grundlagen beibringen. Mit Talenten und mit einem mehr oder weniger langen Lebensfaden, der verarbeitet werden soll. Führst du kein spirituell ausgerichtetes Leben, passiert das Gleiche, du erkennst es nur nicht.

Wir wachsen, wir lernen, wir gehen unseren Lebensweg: mal bewusster, mal unbewusster. Jeder Stolperstein, jede Herausforderung ist „nur“ ein Strickfehler, ein kleines Missgeschick. Das meiste davon lässt sich reparieren. Entweder gehen wir ein paar Schritte zurück und versuchen es erneut oder wir entschuldigen uns und bauen den „Fehler“ in unsere Strickarbeit ein. Vielleicht sieht es ja keiner.

Wenn wir nun die zwei Maschenvarianten hernehmen, so habe ich gesagt, es gibt nur zwei – und die sind auf der Rückseite auch noch gleich. Natürlich hat jedes Ding hier auf Erden zwei Seiten – und hier sieht man sehr schön, dass du eigentlich nichts falsch machen kannst. Dreh die Arbeit um und du hast das Gegenteil vor dir. Das funktioniert im Leben ebenso. Hast du die Möglichkeit, dich zwischen A und B zu entscheiden und anschließend das Gefühl, dich für die verkehrte „Masche“ entschieden zu haben, dann schau dir einfach die andere Seite an und überprüfe, ob es dir so herum besser gefällt. Und dann ändere es notfalls! Ich weiß, dass das viel leichter klingt als es manchmal ist, aber es ist machbar. Nichts, absolut nichts auf diesem Planeten ist in Stein gemeißelt und unvergänglich!

Meist sind es die „Anderen“, die dein Strickstück, sprich Leben, betrachten und dir erklären, was du nicht alles falsch dabei gemacht hast. Und dass es nun zu spät sei, um es besser zu machen. Wer hat das Recht, das zu behaupten? Wenn es so wäre, dürfte ich nicht hier sitzen und an diesem Buch arbeiten – weil ich ja nach normalen Maßstäben viel zu alt bin für die erste Veröffentlichung. Schauen wir uns Biographien großer Autoren an, haben die durchgehend ihre ersten Bestseller im zarten Kindesalter geschrieben.

Es ist NIE zu spät, seine (unbegründete) Angst loszulassen und ein neues Strickmuster auszuprobieren!

Kommt dir das Beispiel mit dem Stricken komisch vor, weil du handwerklich unbegabt bist? Dann verrate ich dir ein Geheimnis: das bist du gar nicht. Vielleicht interessiert es dich nicht, das mag sein. Vielleicht trägst du aber immer noch Glaubensmuster in dir, weil in deiner Kindheit jemand deine Arbeit bemängelt hat. Das war sicher nicht böse gemeint, das war einfach die damalige Meinung eines Menschen. Das heißt aber nicht, dass du es nicht kannst. Du tust es einfach nicht mehr.

Solltest du aber in dir einen Wunsch verspüren, eine Fähigkeit, die du irgendwann einmal ausprobiert und als „dafür-bin-ich-doch-zu-blöd“ abgelegt hast, kannst du dir sicher sein, dass du dieses Talent sehr wohl besitzt. Probier es aus. Nimm Gesangsunterricht, besuch eine Volkshochschule, um ein Instrument zu erlernen, geh in einen Töpferkurs. Es gibt nichts und niemanden, der das Recht hat, dir zu sagen, was du nicht kannst.

Wenn es dir Spaß macht, dann ist diese Fähigkeit in dir angelegt! Und wenn dir danach ist, dann übe sie aus!

DU BIST EINE STADT!

Wenn du mit Stricken nichts am Hut hast, ist dir das vorige Beispiel vielleicht zu abstrakt. Ich habe noch ein anderes für dich.

Stell dir vor, dein Leben sei eine Stadt. Du hast den Stadtkern – also deinen inneren Wesenskern - du hast Außenbezirke und wahrscheinlich auch eine hell beleuchtete City. Im Stadtkern, der Altstadt, ist alles sehr gepflegt und du achtest darauf, dass immer jede schadhafte Stelle sofort restauriert wird. Wird also dein Wesenskern angegriffen, schaust du, dass sofort die Maurer und Maler kommen, um alles wieder so herzurichten, wie es war. Kaum ein Mensch ändert seine grundlegenden Charaktereigenschaften im Laufe des Lebens.

Die Außenbezirke sind bei manch einem vielleicht mehr Slums denn herzuzeigende Bezirke. Dort wohnen die Teile von dir, die nicht so ins prunkvolle Bild von dir passen – deine „schlechten" Eigenschaften, deine Süchte, deine „Mängel". Ich schreibe das deshalb in Anführungszeichen, weil es in Wirklichkeit keine Mängel gibt, das ist nur deine persönliche Sichtweise. Dazu komme ich dann später noch.

Dann gibt es sicher auch einen Teil zum Shoppen, einen zum Erholen – die schön angelegten Parks laden direkt dazu ein, es gibt Wohnviertel, wo du dich zurückziehst, öffentliche Gebäude, wo du dich präsentierst usw.
Siehst du sie? Siehst du DEINE Stadt? Wie sieht sie aus? Heruntergekommen, mit lauter muffigen Menschen? Oder strahlend herausgeputzt wie poliert? Sind die Gehwege gekehrt, die Fenster mit

Blumenkästen geschmückt? Oder hast du das Gefühl, deine ganze Stadt ist im Smog der Fabriken verhüllt, die am Stadtrand stehen? Die du aber brauchst, weil du sonst zu wenig Arbeit, Geld oder Ansehen hast?

Natürlich gibt es in deiner Stadt auch Straßen und Wege, auf denen andere Menschen zu dir kommen. Oder einfach nur durchrasen. Manche bleiben bei dir, beziehen ein Häuschen im Grünen und unterstützen dich mit ihrer Anwesenheit. Andere nehmen sich nur eine Mietwohnung, bleiben eine Zeit und reisen dann weiter. Ein paar wohnen umsonst bei dir, verbrauchen deine Energien und Ressourcen, ohne ihren Beitrag zu leisten.
Fallen dir auf Anhieb auch gleich ein paar Personen ein, auf die diese Kriterien zutreffen? Bestimmt, jeder von uns hat die bunteste Menschengruppe in seiner Stadt beherbergt.

Kommen wir zu den Baustellen in deiner Stadt: aufgegrabene Straßen, baufällige Ruinen, renovierungswürdige Plätze. Die hat jeder von uns, mach dir keinen Kopf deswegen. Der Unterschied besteht nur in der Organisation und Konsequenz, sich um diese Baustellen zu kümmern. Der eine tut so, als ob er die schadhaften Stellen nicht sehen würde und malt Farbe über Risse und abbröckelnden Putz. Der andere ruft bei den kleinsten Unebenheiten am Gehweg die Baufirma und lässt sich Kostenvoranschläge vorlegen. Jeder, wie er möchte, ich wage da auch gar kein Urteil. In irgendeiner Form müssen wir uns aber darum kümmern, sonst sieht die Stadt eines Tages sehr heruntergekommen aus. Und wer will schon selbst dafür verantwortlich sein, seine „Stadt“ (sprich sein Leben) selbst zugrunde gerichtet zu haben?

Der Clou an dieser Metapher ist, dass du nicht nur Stadt, sondern auch Bürgermeister und Stadthalter bist. Du entscheidest, wer darin wohnen darf, was getan wird und wie alles aussehen soll. Niemand sonst. Oft verirren wir uns in den vielfältigen Aufgaben und überlassen anderen Bewohnern die Befehlsgewalt über unsere Stadt. Die tun das nur zu gerne, einfach, weil sie sich nicht um die Resultate kümmern müssen. So pfuscht jeder in einer Ecke vor sich hin und wenn es schief geht, schiebt man die Schuld dem Bürgermeister in die Schuhe. Er hätte sich ja selber drum kümmern können. Oder die selbsternannten Helfer verlassen fluchtartig die Stadt, nachdem sie ein Schlachtfeld angerichtet haben und du sitzt plötzlich in einer Ruine und weißt gar nicht so recht, wie das passieren konnte.

Das Wichtigste ist, dass du die Übersicht behältst. Das hört sich jetzt relativ einfach an, mit ein paar Ordnungssystemen ist es aber auch gar nicht so schwierig. Natürlich kannst du dir Hilfe holen, jeder von uns braucht manchmal Unterstützung. Du solltest ihnen nur nicht das Kommando überlassen.

Wenn du das Gefühl hast, die Baustellen in deinem Leben, in deiner Stadt nehmen überhand, geh systematisch vor. Schreib dir eine Liste (oder meinetwegen Zettelchen; ich bin passionierte Listenschreiberin, von daher war das mein erster Gedanke) mit all deinen „Baustellen", die dir einfallen. Auch wenn sie noch so klein sind – gerade die kleinen haben die Angewohnheit, unbemerkt zu wachsen. Und, um beim Vergleich zu bleiben – es ist einfacher, einen Riss zu kitten als sich um ein einsturzgefährdetes Gebäude zu kümmern.

Du musst nicht alle Baustellen an einem Tag in Ordnung bringen, aber mach sie dir sichtbar. Für mich bedeutet sichtbar, sie schriftlich vor mir liegen zu haben. Für dich reicht es vielleicht, sie zu visualisieren oder aufzuzeichnen oder sie meinetwegen auch zu tanzen. Dann kann ich mir besser anschauen, welche die höchste Priorität hat und welche Schritte notwendig sind, um sie zu beseitigen.

Ist es einfacher, diese Baustellen mit einem Schuss Spiritualität zu bearbeiten? Vielleicht. Ich weiß aber, dass es dann zu neuen Baustellen kommt, weil man plötzlich auf Stellen aufmerksam wird, die man vorher gar nicht gesehen hat. Ganz neue Gebiete erschließen sich da und so manche dieser Stadtteile werfen mehr neue Fragen auf als sie erst mal beantworten.

Deshalb möchte ich nun einmal die verschiedenen spirituellen Gesetze beleuchten und aus meiner Sicht schildern, welche Gedanken und Gefühle da zutage traten.

Lass uns also die Universität oder Hochschule deiner Stadt aufsuchen und ein bisschen etwas Neues lernen. Aber vielleicht sind diese Lehrpläne gar nicht neu für dich, dann freu dich, dass du mit deiner Sichtweise nicht alleine bist. Dann können wir in deiner großen Bibliothek stöbern und schauen, ob wir die gleichen Bücher besitzen.

GENUG GEMALT!

Diese Beispiele sollten reichen, um dir mein jetziges Weltbild zu zeigen. Ich hab mich einige Jahre durch die spirituellen Lehren gewühlt und war schon fast am Verzweifeln. Einfach, weil ich nichts damit anfangen konnte. Diese Gesetze und Vorgaben – irgendwie fühlte ich mich veräppelt. Ich wollte weg von den alten Ordnungssystemen und fand nur oberflächlich kaschierte in einem neuen Mäntelchen.

Können wir Menschen denn nicht einfach unser Leben leben, ohne das uns jemand vorschreibt, was wir zu tun haben? Haben wir wirklich verlernt, für uns selbst zu sorgen und auf unsere innere Stimme zu hören?

Halt! Das war es! Die innere Stimme! Was war das überhaupt? Jeder von uns kennt diese Kopfgespräche, bei denen man stundenlang mit sich selbst streiten kann. Aber wer diskutiert da mit wem? Ich bin doch nur ich, wieso gibt es da offenbar in mir noch jemandem mit Mitspracherecht?

Und die Gretchenfrage: welche dieser Stimmen ist denn nun die, die Bescheid weiß und den Überblick hat? Und welche davon bin ich? Die, die sich gegen Veränderungen wehrt? Oder die, die mit logischen und wohlformulierten Argumenten ankommt? Oder gar die, die ständig alles über den Haufen werfen will – meist flüsternd, aber ständig präsent?

Hallo? Wie viele Persönlichkeiten wohnen da in mir? Und zahlen die auch Zins? Kann ich die rauswerfen, wenn sie nerven?

So viele Fragen, und jede einzelne zog ein paar neue nach sich. So kam ich also auch nicht weiter. Ich wollte ja Fragen beantwortet haben und

einen Weg finden, bei dem ich mich wohl fühlte und der diese endlosen, meist unfruchtbaren Kopfgespräche beendete.
Noch dazu wurden diese „Kopf-Personen“ immer mehr, je tiefer ich grub. Da kamen Gestalten zum Vorschein, die offenbar einen jahrelangen Dornröschenschlaf hinter sich hatten und plötzlich wieder mitmischen wollten. Ich wurde von Tag zu Tag unruhiger, unausgeglichener und vor allem sehr, sehr grantig. Auf mich, auf die Welt und all die spirituell gescheiten Menschen, die offenbar genau wussten, was sie zu tun hatten. Und wie das Leben richtig zu führen sei.
Damit man was? In den Himmel kommt? Öhm, Entschuldigung, will ich dort überhaupt hin? Eine kleine fiese Stimme, mein Teufelchen, knirschte mit den Zähnen. Lass uns lieber JETZT leben, wer weiß, was danach kommt. Und lass uns alles austesten, prüfen und uns über alle Konventionen hinwegsetzen, das ist doch sicher spannender.
Bevor ich eine Entscheidung treffen konnte, musste ich mir die einzelnen Gesetze, Regeln und spirituellen Weisheiten einmal genauer anschauen. Dann würden wir ja weitersehen.
Die folgenden Gesetze und Gebote bieten sicher keinen vollständigen Überblick. Außerdem sind sie aus einer sehr subjektiven, ironischen, sarkastischen und humorvollen Sichtweise beschrieben – aus meiner. Aber vielleicht machst du dir einmal selbst ein Bild.

WILLKOMMEN IM SPIEGELKABINETT

Eines der meistzitierten Gesetze in der spirituellen Szene ist das „Spiegelgesetz“. Das, was dir am anderen nicht gefällt, passt dir an dir selbst nicht. Das, was du am anderen gut findest, gefällt dir an dir selber ebenso.
Klingt einfach und eigentlich sollte es damit auch relativ einfach sein, sich und / oder sein Leben auf die Reihe zu kriegen. Jemand macht etwas, das mich unheimlich stört – ich gucke mir das genauer an. Ah ja, das mag ich ja bei mir selbst noch viel weniger – also ändere ich es und gut ist es.

Hahaha, Entschuldigung, wenn ich lache. Einerseits kann man Fehler und unangenehme Eigenschaften am anderen zwar relativ einfach erkennen, andererseits ist es doch wahnsinnig schwierig, die Eigenschaften der unguten, ewig keifenden Bekannten in sich selbst zu sehen. Oder auch nur vor sich selbst zuzugeben, dass man möglicherweise, eventuell und ganz vielleicht auch manchmal ein kleines bisschen keift. Oder die Freundin als Spiegel nehmen, von der man weiß, dass sie es mit der Wahrheit nicht so genau nimmt. Was soll man da schon draus lernen? Man selber spricht doch stets die Wahrheit, nicht wahr? Also so ganz prinzipiell, kleine Notlügen zählen ja nicht. Man will ja bloß niemanden verletzen, sonst würde man eh viel lieber die Wahrheit aussprechen.

Wenn man die Idee des Spiegelgesetzes ausweitet und wirklich davon ausgeht, das alles, wirklich alles, was einen irgendwie berührt, aufregt oder stört, ein Spiegel ist, kann einem ganz rasch schwindlig werden.

Dann befindet man sich plötzlich in einem Spiegelkabinett, bei dem der Ausgang schon vor Stunden geschlossen wurde. Man irrt herum, egal in welche Richtung man sich dreht, grinst einen jemand mit erhobenem Zeigefinger an und murmelt: „Das stört dich an dir selber, nicht an mir.“

Grausliche Vorstellung, echt. Man fühlt sich dazu verführt, nur mehr mit Menschen zu verkehren, die einem egal sind – dann braucht man sich nicht ständig mit sich selbst auseinandersetzen. Wenn wir nämlich zehn Menschen hernehmen und sie uns ansehen, finden wir garantiert bei neun einen Mangel und nur beim Zehnten etwas, das uns gefällt. (Und auf das sind wir meistens neidisch, weil wir der Meinung sind, der- oder diejenige kann etwas, was wir nicht können.) Das ist nämlich der Witz dabei: würden wir es schaffen, in den anderen Menschen das Gute und Bewundernswerte zu sehen, ohne es zu kritisieren oder künstlich herabzusetzen, hätten wir die Möglichkeit, den ganzen Tag von einem prachtvollen Spiegelbild von uns zum nächsten zu wandern. Abends würden wir so strahlen, dass wir uns die Deckenlampe sparen, weil wir gesehen haben, wie wundervoll und einzigartig wir sind.

Warum also fällt uns viel schneller das Schlechte am anderen auf? Um uns selbst besser darzustellen und uns zumindest kurzfristig auf einen Sockel zu stellen? Ich glaube nicht, kaum jemand ist glücklich und zufrieden, wenn er sich über jemand anders ärgert.
Vor Jahren hab ich mal etwas gelesen, das es für mich viel eher trifft:
„Nimm ein Zimmer, das vollkommen sauber ist, nur in einer Ecke stapelt sich Müll und Unrat.
Und nun nimm das gleiche Zimmer, das vollkommen verdreckt ist, nur in einer Ecke ist es blitzeblank aufgeräumt.“

Wenn du Raum eins betrittst, wird dir die Schmuddelecke sofort ins Auge stechen. Betrittst du Raum zwei, wirst du die saubere Ecke nicht mal wahrnehmen. Und genau so sind wir im Hinblick auf andere Menschen programmiert: Wir sehen zuerst das in unseren Augen Negative. Ist es jetzt nur eine „Zimmerecke“, stürzen wir uns darauf, um den Dreck zu beseitigen. Ist es fast das ganze Zimmer, gehen wir wahrscheinlich rückwärts raus und wenden uns ab.

Weder sind wir gewillt, bei einem für unseren Geschmack „bösen Menschen“ das Gute zu suchen noch wollen wir es zulassen, dass wir das Böse in irgendeiner Form mit uns selbst in Verbindung bringen. Oder gar jemand anderer. Also haken wir es ab, reden uns ein, das hätte gar nichts mit uns zu tun und wenden uns anderen Dingen zu.

Was tun wir nun aber mit dem Spiegelgesetz? Ignorieren? Darin sind wir nicht gut. Die Gattung Mensch braucht Gesetze und Hinweisschilder. Und sei es nur, um sie zu brechen respektive zu verbiegen.

Nun, ich kann dir nur sagen, wie ich damit umgehe. Mit Humor. Ich habe jemanden in meinem Umfeld, den ich immer als meine besondere „Challenge“ sehe. Nein, nicht immer, erst seit ich spirituell erwacht bin und vor dem Dilemma stand, jemanden in meiner Nähe zu haben, den ich absolut nicht leiden kann. Ich konnte mich partout nicht überwinden, einen wie auch immer gearteten Spiegel zu sehen in diesem zutiefst negativ eingestellten Wesen. So war ich nicht und so möchte ich niemals sein. Basta. Jedes Mal, wenn ich diesem Menschen über den Weg lief, krampfte sich mein Bauch zusammen und ich versuchte alles, den Kontakt auf ein Minimum zu senken. Irgendwann redete ich mir ein, es müsse auch solche Menschen geben und das hätte nichts mit mir zu tun. Warum aber lebte dieser Mensch dann so nah bei mir, dass es immer wieder zu Kontaktpunkten kam? Zufall? Daran glaub ich schon lange nicht mehr. Doch mein Spiegel? Meine Nackenhaare rauften um Stehplätze.

Um meine Lösung aufzuzeigen, muss ich von einer Sache erzählen, an die ich fest glaube, weil sie mir von Anfang an so logisch erschien. Ich glaube daran, dass wir vor unserer Geburt mit unserer Seelenfamilie und unseren Schutzengeln zusammensitzen und besprechen, was wir in diesem Leben lernen wollen. Wer unsere Eltern sein sollen, wer sich als Schwester oder Bruder, als Kind oder Ehemann zur Verfügung stellt und wer den harten Job übernimmt, große Lernaufgaben auch mit brutalen Mitteln aufzuzeigen. Und dann sitzt man da so, bespricht, verteilt die Rollen und freut sich darauf zu inkarnieren. Ich glaube, dass die Seelen, die am engsten mit uns verbunden sind, die irdisch schwierigsten Parts übernehmen, weil sie uns so lieben.

Nun lebt man also so dahin, wacht vielleicht irgendwann auf und beginnt seinen spirituellen Weg und seine Lebensaufgaben wahrzunehmen. Eines Tages kommt man zurück in die vertraute Runde seiner Seelenfamilie. Gemeinsam schaut man sich an, was man geschafft hat und wo es noch Lernpotential fürs nächste Leben gibt.

Und hier fängt meine Vorstellung an: ich sitze mit genau dieser Person, die mir jetzt dermaßen auf die Nerven geht, selbst wenn sie nur atmet, eng umschlungen auf der Couch und wir lachen uns kaputt über unsere

Wahrnehmungen aus dem irdischen Leben. Ich höre das Gespräch förmlich:
„Na, wie hab ich das gemacht?“
„Du warst fantastisch, niemals hätte mir jemand besser beibringen können, bedingungslos zu lieben und nicht zu urteilen.“
„Das war aber ein hartes Stück Arbeit, du hast echt lange gebraucht, um das zu erkennen.“
„Stimmt, und ich danke dir, Herzensschwester, für deine Geduld.“
.....
Siehst du, plötzlich kann man gar nicht mehr grantig und böse sein. Mitgefühl macht sich breit, den anderen so lange schon „leiden“ zu lassen, nur weil man selbst so verbohrt und starrsinnig ist. Hat dich jemand verletzt? Zeigt dir jemand immer wieder eine Eigenschaft, die deine Nerven zum Vibrieren bringt? Vor Zorn, Wut, Ohnmacht oder Frust?
Dann nimm diese Eigenschaft, diese Handlungsweise und schau genau hin, was du daraus lernen kannst. Geduld, Liebe, Vertrauen – was immer es ist – je nerviger das Gegenüber, desto größer der Lernschritt. Und dann stell dir das Gespräch mit ihm NACH deinem irdischen Leben vor. Erkennst du, was er dich lehren wollte? Dann danke ihm dafür, lacht eine Runde gemeinsam darüber und schließt neue Abmachungen fürs nächste Mal.

Auch im nervigsten Menschen leuchtet dasselbe Licht wie in dir.

Du musst also gar nicht mit aller Gewalt in dir den negativen Anteil suchen, beobachte lieber, was du aus der Situation lernen kannst.

Ganz allgemein halte ich die Wortwahl „Gesetz“ für unstimmig. Wir alle wollen in einer friedlichen Welt zusammen leben – Gesetze sind aber dazu da, dass man etwas einhält, was andere vorgeben. Wenn wir nur das Wort abändern auf „Spiegel-Gebot“, sieht die Sache schon ganz anders aus.

Jemand bietet dir einen Spiegel an – was du dann daraus machst, ist deine Sache. Nimm das Angebot an oder lehne es ab. Jetzt habe ich plötzlich nicht mehr das Gefühl, da ist jemand, der mir etwas zeigt, was ich unbedingt sehen muss – und in Folge dessen ändern muss, sondern da bietet mir jemand die Chance, etwas zu sehen, was ich ohne ihn, den Spiegel, nicht wahrnehmen würde. Du kannst auch niemals deinen Hinterkopf sehen, dein Gesicht, den Großteil deines Rückens oder deine Ohren. All das sind Teile von dir, an die du ohne Spiegel nicht rankommst. Trotzdem ist der Spiegel im Bad kein Mahnmal, der dich täglich dran erinnert, dass du große Ohren hast oder schütteres Haar am Hinterkopf. Es ist deine Entscheidung, was du darin siehst. Wenn dir deine Ohren nicht gefallen, dann schau in deine strahlenden Augen.
Genau so funktioniert es auch mit dem Gegenüber: wenn dir seine keifende oder aggressive Art nicht gefällt, dann schau auf das Talent, wie die Person mit Tieren umgeht. Oder Kuchen backen kann. Jeder hat irgendetwas, was er gut kann. Du brauchst es nur zu finden. Konzentrier dich auf die „saubere Ecke“ im Zimmer und erfreue dich daran. Natürlich verschwindet der „Mist“ nicht durchs Ausblenden – aber vergiss niemals: es ist der Mist des Gegenübers, nicht deiner. Du kannst ihn nicht für jemand anderen wegräumen, aber du kannst ganz viel Harmonie und Frieden erschaffen, indem du dich auf die schönen Seiten konzentrierst.

WILLST DU MIT MIR GEHEN? IN RESONANZ!

Kurz gesagt bedeutet dieses „Gesetz", dass wir das anziehen, was wir aussenden. Unsere – teils unbewussten - Gedanken erschaffen unsere Realität.

Entschuldigung, also da hakt's bei mir schon. Ich wünsche mir zum Beispiel finanziellen Reichtum. Ich benutze dazu alle mir zur Verfügung stehenden spirituellen Mittel, angefangen vom richtigen Wünschen übers Loslassen, Visualisieren und an die Engel abgeben. Sollen die doch mal machen. Passieren tut nichts, weder taucht ein unbekannter Erbonkel auf noch schenkt mir der Nachbar unvermutet Geld. In der Lotterie hab ich auch nicht gewonnen. So, und nun? Verdiene ich den Reichtum nicht? Steht er nicht in meinem Lebensplan? Warum wünsche ich ihn mir dann? Wozu sind in uns Wünsche angelegt, wenn wir sie dann doch nicht erfüllt kriegen?

Aber da ist ja auch noch mein Partner, der nichts von Spiritualität hält und sich diesen Gesetzen und tollen Tipps vehement verschließt. Wie kann ich also jemals reich werden, wenn er der Meinung ist, um reich zu werden, muss man hart arbeiten und schwer darum kämpfen. „So geht es doch nicht, mein Lieber, das stimmt doch nicht", tobt es in mir. „Siehst du das denn nicht ein?"

Und jetzt darf ich nicht reich werden, weil er sonst auch reich werden würde – ohne einen Finger krumm zu machen. Was ja nicht seiner Auffassung entspricht und er es somit auch nicht aussendet. Damit blockiert er aber meinen Wunsch und meine Visualisierung. Wem sollen es die Engel oder das Universum (je nachdem, wo du deine Wünsche hinschickst) denn nun rechtmachen?

Und was ist mit denen, die wirklich im Lotto gewinnen oder unverhofft erben? Kennen die alle das Gesetz der Resonanz und haben diesen Gedanken bewusst ausgesendet? Echt alle?

Anderes Beispiel: Ich habe gerade eine Beziehung hinter mir und momentan die Nase voll vom anderen Geschlecht. Nur meine Ruhe haben, hier und da ein Flirt, nichts Verbindliches bitte. Und in dem Moment läuft mir mein Seelenpartner über den Weg. Du meinst, ich würde ihn nicht erkennen und diese Chance vertun?
Nun, mir ist genau das passiert. Kurz nach meiner Scheidung traf ich auf kuriosem Weg meinen Seelengefährten und heiratete ihn vom Stand weg. Das ist 15 Jahre her und wir sind nach wie vor glücklich wie am ersten Tag. Ich weiß aber ganz sicher, dass ich damals weder spirituell ausgerichtet war noch in irgendeiner Form an eine neue Beziehung gedacht habe. Ich genoss meine Freiheit, endlich für mich selbst verantwortlich zu sein und niemandem Rechenschaft ablegen zu müssen. Um dem ganzen die Krone aufzusetzen, befand sich mein Seelenpartner noch in einer Beziehung und war ebenso nicht auf der Suche nach seinem Glück.

So, und nun? Wie kriegen wir das mit dem Resonanzgesetz denn nun in diese Geschichten gepresst? Denn ein Gesetz muss ja auch funktionieren, wenn ich nichts darüber weiß. Der Apfel kennt das Gesetz der Schwerkraft ja auch nicht und fällt trotzdem auf die Erde und nicht ins All.

Ein Bereich, bei dem das Resonanzgesetz für mich sehr deutlich wird, zeigt sich jetzt, während ich an diesem Buch schreibe, ganz deutlich.

Egal, wo ich hinblicke, überall entdecke ich ähnliche Gedanken und Glaubensmuster, wie ich sie hier zu Papier bringe. Was soll mir das nun sagen? Mein innerer Zweifler und Negativ-Kasperl meint, es sei eh schon alles gesagt und andere wären wieder mal schneller gewesen, um diese Informationen in die Welt zu bringen. Mein spirituelles Ich jubelt über die vielen Synchronizitäten, die mir zeigen, dass ich nicht allein bin mit meinen Gedanken, dass es da draußen viele andere gibt, die ähnlich ticken.

Und welchem soll ich jetzt glauben? Bleiben wir bei der Resonanz. Durch mein Schreiben und Nachdenken über verschiedene Themen sende ich Wellen und unbewusste Botschaften aus. Ähnlich wie bei dem bekannten Beispiel, dass man, sobald man sich ein rotes Auto gekauft hat, überall rote Autos sieht, fallen mir plötzlich Gedankengänge anderer vermehrt auf, die sich mit dem gleichen Thema beschäftigen. Ich gehe in Resonanz damit, weil mein Bewusstsein darauf ausgerichtet ist.

Solange ich mich mit einer Sache nicht beschäftige, berühren mich passende Informationen nur wenig bis gar nicht. Von daher habe ich auch nicht das Gefühl, sie wären vermehrt auffindbar. In dem Moment, in dem ich meine Aufmerksamkeit aber dorthin lenke, sehe ich alles, was damit zusammenhängt.

Von diesem Standpunkt aus ist das Resonanzgesetz also nachvollziehbar und logisch. Ich gehe in Resonanz mit Gegenständen, Informationen und Hinweise, die mich gerade interessieren.

Bei den unbewussten Aspekten wird es schon komplizierter die Logik für den Verstand so aufzubereiten, dass er es kapiert. Nehmen wir nochmal das erste Beispiel mit dem Wunsch nach Reichtum. Ich sagte, ich wünsche mir wirklich, finanziell gut da zu stehen, aber mein Partner würde etwas anderes aussenden und daher kann es gar nicht klappen. Gut gemacht, Bettina – du hast das Problem einfach auf jemand anderen projiziert und damit brauchst du dich nicht mehr damit beschäftigen. Lösen kannst du es damit aber auch nicht, weil's ja nicht deines ist. Wie praktisch.

Himmel, hilf! Jetzt heißt es tiefer graben, Beschäftigung mit sich selbst (wie egoistisch!) und mit vergrabenen Glaubensmustern, die mir gar nicht auffallen, weil sie immer schon da waren. Meine erste Reaktion darauf ist, hier eine Pause einzulegen und mal schnell schauen, was es auf Facebook Neues gibt. Ich will nicht graben, da macht man sich schmutzig.

Die Einstellung meines Partners, für Geld müsse man hart arbeiten – doch ein Spiegel von mir? Glaube ich das auch irgendwo tief in mir drin? Ja schon, aber ich hab es ja nicht anders kennengelernt. Und schon entschuldige ich mich schon wieder vor mir selbst. Zu Hause wurde über Geld nicht gesprochen. „Das hat man, darüber spricht man nicht", hieß es da. „Es geht uns gut, wozu musst du wissen, was dein Papa verdient?" war eine andere Aussage.

Leider laufen diese Programme im Hintergrund ab, sodass sie mir jedes Mal dazwischenfunken, sobald ich einen Wusch nach finanzieller Sicherheit absende.

Das zweite Problem meiner Meinung nach ist, dass die meisten von uns nur recht schwammige Formulierungen verwenden. Wenn man davon ausgeht, dass die höher schwingende Dimension kein Geld braucht, geschweige denn hat – woher sollen die dann wissen, was für mich „finanzielle Sicherheit" bedeutet? Reicht es mir, täglich etwas Warmes auf dem Teller zu haben? Oder muss sich der Kredit fürs Haus selbständig zurückzahlen? Oder gehört dazu gar eine Jacht in Monte Carlo? Finanzielle Sicherheit ist doch etwas sehr Individuelles, jeder fühlt sich bei einem anderen Finanzpolster sicher.

Wenn ich etwas möchte, dann muss ich das sagen, und zwar klar formuliert. Da sträubt sich in vielen von uns aber sofort etwas, neue alte Glaubensmuster ploppen hoch, wie zum Beispiel: „Sei nicht so gierig und eigennützig." oder „Du kannst dir doch nicht einfach 5000€ wünschen, wo kämen wir dahin, wenn das jeder macht?"

Nun ja, wir kämen vielleicht zu einem friedlicheren Leben, weil keiner dem anderen etwas zu neiden braucht. Er muss es sich ja bloß wünschen oder manifestieren. Oder ist die Menschheit so angelegt, dass jeder dann noch ein Schäufelchen drauflegen würde, um wieder „mehr" zu haben als der Nachbar? Mag sein, ich wage es nicht zu beurteilen.

Worauf ich hinaus will: wir sind so konditioniert von Kindesbeinen an, nicht zu viel zu fordern und hübsch bescheiden zu sein, dass wir uns einzig und allein selbst im Weg stehen.

Ich habe das Experiment gewagt und es versucht. Ich habe eine Liste geschrieben mit ganz konkreten „Anweisungen", wie viel Geld mindestens in meiner Geldbörse zu sein hat, wie viel „Sicherheitspolster" sich am Sparbuch zu befinden hat und in welcher Zeitspanne ich schuldenfrei zu sein wünsche.

Nun, was soll ich sagen? Ich hab mich anschließend in den Popo gebissen, denn mein Wunsch, mindestens 20€ in der Geldtasche zu haben, hat sich seitdem genau so manifestiert. Es sind immer rund zwanzig Euro Bargeld drin, nicht weniger, aber auch nicht mehr. Ebenso ergeht es mir mit dem Sparbuch. Kaum komme ich über den

„geforderten“ Betrag, fällt eine ungeplante Rechnung an. Warum hab ich Dussel nicht mehr hingeschrieben? Natürlich, weil ich nicht zu gierig sein wollte.
Also liegt es doch an mir und meinen Glaubensmustern, die mich im subjektiven Mangel halten. Da ich selber nicht genau definieren kann, was „genug Geld“ für mich bedeutet, kann auch niemand anderer diese Entscheidung für mich treffen. Schon gar nicht die Engelwelt oder das Universum.

Das funktioniert natürlich auch bei allen anderen Beispielen, sei es jetzt eine erfüllte Partnerschaft, Erfolg im Beruf oder was man sich sonst so alles wünschen kann. Wozu wünschen wir überhaupt? Was ist unser eigentliches Ziel dabei? Doch wohl, um glücklich und zufrieden zu sein – wenn möglich lebenslang. Also müssen wir zuerst definieren, was Glück und Zufriedenheit für uns persönlich bedeutet. Und bitte nicht nach dem Motto: „Wenn ich 1 Million Euro am Konto habe, bin ich glücklich.“ Das funktioniert sowieso nicht. Und auch das berühmte „Happy End“ in einer Beziehung ist im Leben eher unrealistisch. Mit dem Finden des „perfekten“ Partners beginnt das gemeinsame Leben ja erst. Besser als ein „Happy End“ wäre es, sich ein „Happy Beginning“ zu wünschen. Den Satz „Der Tag meiner Hochzeit war der glücklichste Tag meines Lebens“ finde ich persönlich ja eher deprimierend. Von da an ging’s bergab, oder wie?

Wenn wir nun also das anziehen, was wir ausstrahlen und damit in Resonanz gehen, was in uns ist, dann sollten wir doch bitte einmal Nägel mit Köpfen machen und klar und deutlich formulieren (ganz besonders auch gedanklich), was wir denn wollen. Der schwierigste Part dabei ist sicher, den Verstand davon abzuhalten, direkt hinterherzuschicken: „Aber das wird sowieso nicht klappen.“

Deshalb schreibe ich mir Wünsche, Ziele und Vorstellungen jetzt immer auf. Was ich aufschreibe, brauch ich mir nicht zu merken. Rund um den Zettel kommen dann noch verschiedene Engel- und Naturwesenkarten, um den Wunsch zu unterstützen. Außerdem hab ich so wirklich das Gefühl, meine Bitte an jemand anderen abgegeben zu haben und mich nicht mehr um die Durchführung kümmern zu müssen. Der Kopf ist wieder frei für andere Dinge und irgendwann schau ich mir die verschiedenen Zettel mal an. Meistens haben sie sich längst erledigt und ich kann sie entsorgen.

Das heißt jetzt nicht, ich leg mich nach dem Zettel schreiben auf die Couch und warte auf das Wunder von oben. Aber je weniger ich über ein Problem grüble – und damit wieder dem Verstand Macht einräume – desto schneller fallen mir Lösungen ein. Ich arbeite dann intuitiv, aus dem Bauch heraus. Und ich habe gelernt, dass ich dabei viel schneller ganz weit komme, anders als wenn ich mir stunden-, tage- und wochenlang überlege, warum ich dieses Problem habe, wo das herkam und wo es hinführen wird.

Der erste Weg ist lösungsorientiert (und damit gehe ich auch in Resonanz mit Lösungsmöglichkeiten), der zweite ist problemorientiert. Unterschied bemerkt?

DIE DUALITÄT ZURECHTBIEGEN

Ja, wir leben auf diesem Planeten in der Dualität. Wo es ein vorne gibt, gibt es auch ein hinten. Wo es Schatten gibt, gibt es auch Licht – sonst gäbe es keinen Schatten. Soweit ist ja alles klar und auch für jeden logisch nachvollziehbar.

Warum wir die Dualität brauchen, wurde auch oft genug erklärt und besprochen. Ohne das Böse würden wir das Gute nicht erkennen. Also bräuchten wir auch nicht hierher kommen, um etwas Neues zu lernen.

Nun fiel mir aber irgendwann auf, dass es für sehr viele emotionale Zustände gar kein wirkliches Gegenwort gibt – zumindest nicht in der deutschen Sprache. Wir benutzen dann Wortanhängsel, um das Gegenteil zu erklären, wie zum Beispiel zweifel-los, gewalt-frei, schmerz-frei, lieb-los und so weiter. Oder wir hängen das „un-„ dran, wenn „-los" nicht passt, wie in un-glücklich, un-zufrieden oder un-fassbar.

Zwingen wir gar die Dualität dazu, sich in allen Dingen zu zeigen? Was ist denn das Gegenteil von Zweifel oder Schmerz? Die Gefahr dieser Formulierungen liegt meines Erachtens darin, dass ich genau die Emotion, das Gefühl oder den Zustand, den ich ja nicht haben möchte, trotzdem wieder ausspreche. Und ich denke, dass unser Verstand ein bisschen schlampig ist beim Zuhören und schon nicht mehr aufpasst, sobald er ein Reizwort wie Schmerz, Gewalt oder Zweifel in die Finger kriegt.

Nun sollen wir ja aber bitte auch immer schön positiv denken, damit es uns gut geht. Ganz krass aufgefallen ist mir dieses Defizit, als ich erstmals in meinem Leben das Gefühl hatte, ich solle nun endgültig meine Nikotinsucht in den Griff kriegen. Es gibt kein Wort für Nichtraucher – außer Nichtraucher, und da steckt das böse Wort

„Raucher“ ja schon wieder drin. Also wurde ich jedes Mal, wenn ich jemandem stolz von meinem Vorhaben berichtet habe, daran erinnert, dass ich Raucher bin. Das kann ja nicht gesund sein, ich will mich doch gar nicht mehr erinnern. Das „Böse“ soll doch verschwinden aus meinem Leben. Warum wird nun die negative Eigenschaft artikuliert, für die „Braven“ gibt es aber gar keinen Begriff. Das funktioniert übrigens genauso gut mit Anti-Alkoholiker oder Menschen, die keine Drogen anfassen (dafür gibt es nicht einmal ein Anti-Wort). Entschuldige, aber da läuft doch prinzipiell etwas falsch mit einer Sprache, die für jede negative Eigenschaft ein eigenes Wort, für positive und beachtenswerte Zustände aber nur hinkende Vergleiche übrig hat.

Und wenn wir ganz genau hingucken, gibt es überhaupt nur einen einzigen „positiven“ Zustand, und der heißt Liebe (ja, ich höre den Einwand – es gibt auch noch Zufriedenheit, Glück, Freude. Wann bist du zufrieden? Wenn du etwas machst, was du liebst. Wann bist du glücklich? Wenn du mit der Liebe deines Lebens zusammen bist. Muss ich weiterreden?). Auf der Gegenseite würde die Liste bis zum Mond und zurück reichen, wenn man alle möglichen negativen Zustände auflisten würde. Warum diese Artenvielfalt? Damit wir mehr Auswahl haben? Damit die Versuchung größer ist? Weil wir sonst das Leben zu schnell durchgespielt hätten?

Was ich glaube? Erst die Dualität ermöglicht uns den freien Willen. Ohne Möglichkeiten könnten wir nicht wählen. Ohne Wahl gäbe es keine Entscheidung. Und ohne Entscheidungen könnten wir nicht wachsen. Wir würden von Geburt an bleiben, wie wir sind. Wie langweilig.

Ich glaube auch nicht, dass es falsche Entscheidungen gibt, vielleicht sind manche irrsinnig oder passen nicht ganz ins Gesellschaftsbild. Dennoch ist jede Entscheidung für jeden von uns wichtig, egal, wie unsinnig sie anderen erscheinen mag. Stell dir vor, es gäbe keine Auswahlmöglichkeit und du könntest einfach nur einen vorgezeichneten Weg beschreiten. Egal ob er dir gefällt oder nicht, alles ist vorgegeben und geplant. Irgendjemand anderer wäre verantwortlich für das, was dir passiert und du bist dem hilflos ausgeliefert. Schreckliche Vorstellung, oder?

Ganz viele Menschen leben aber nach diesem Prinzip: sie fühlen sich weder verantwortlich noch schuldig für das, was ihnen widerfährt. Das Schicksal, die Anderen, die Politik, die Gesellschaft, die Lebensumstände – allen anderen wird die Schuld für das Desaster in die Schuhe geschoben.

Ich weiß genau, dass da jetzt einige aufschreien und mir umgehend mitteilen möchten, dass ich keine Ahnung hätte und sie für ihr Leben genau nichts dafür könnten. Und sie sich wünschten, es wäre anders, besser, schöner.

Ja, ich weiß, das klingt hart, ich bleib aber bei meiner Meinung, dass jeder sich seine Lebensumstände selber aussucht. VOR der Geburt. Weil er in diesem Leben ein bestimmtes Ziel erreichen möchte.

Aber eigentlich schweife ich vom Thema ab, ich war doch gerade noch bei der Dualität. Tja, hab ich mich wohl eben anders entschieden.

Die Dualität stört mich nicht, im Gegenteil – ich gehöre zu dem Typ Mensch, der gerne alle Varianten ausprobiert und teilweise auch bis zum Exzess durchexerziert. Ich mag diese Achterbahn, wo es einmal rauf und einmal runter geht. Geradewegs den Gipfel zu erreichen, ohne Serpentinen und Umwege stelle ich mir sehr frustrierend vor – bin ich einmal oben, kann es ja nur mehr bergab gehen. Da lass ich mir doch lieber Zeit.

In der spirituellen Szene macht sich aber ein Trend bemerkbar, die Dualität auszuschalten oder wenigstens zu negieren. Nur mehr das Positive sehen, gar nicht an negativen Emotionen oder Situationen anstreifen, alles ist Licht, Liebe und Sonnenschein.

Und das ist der Moment, wo ich am liebsten laut rufen möchten: „Ja, hallo! Wozu bist du dann überhaupt auf der Erde? Das haben und hatten wir doch auf anderer Ebene schon. Da hätte ich ja gleich oben bleiben können, Himmelherrschaftszeiten! Wir sind hier, um genau das zu erleben, nicht, um davor zu flüchten oder zu überwinden! Also lebe! Genieße! Koste aus! Links, rechts, oben, unten – so viele spannende Dinge warten dort auf uns."

SPIRITUELLE GEBOTE

Dass es die 10 Gebote aus der Bibel gibt, dürfte in unseren Breitengraden jedem geläufig sein. Nun fiel mir irgendwann auf, dass es auch mehr als genug spirituelle Gebote gibt. Und die haben meiner Meinung nach den gleichen Fehler wie die biblischen.

1) Du sollst nicht „nicht“ sagen.
2) Du sollst loslassen, was dich festhält.
3) Du sollst positiv denken und affirmieren.
4) Du sollst dich lieben – und zwar immer und an vorderster Front.
5) Du sollst aufpassen, was du denkst.
6) Du sollst allen Menschen verzeihen, was sie dir angetan haben.
7) Du sollst deinen Eltern dankbar sein – und dann mit deinem inneren Kind arbeiten.
8) Du sollst keinem Guru folgen (außer dem, der dir dies gerade sagt).
9) Du sollst deine eigenen Entscheidungen treffen (steht oftmals in Büchern, die dir sagen, was du tun sollst).
10) Du sollst nicht urteilen und bewerten.

Es gibt sicher noch viel mehr, aber bleiben wir mal bei den klassischen zehn Geboten. Als erstes fällt mir bei den biblischen Geboten auf, dass die letzten fünf Gebote „Nicht“-Sätze sind. Hallo? Das soll man doch gar nicht. (Ich habe jetzt übrigens nachgezählt: bis zu diesem Zeitpunkt habe ich 181 Mal das Wort NICHT im Buch verwendet) Weil ja der Verstand das Wort „NICHT“ nicht versteht und den Satz ohne dieses Wort bewertet und einordnet. Steht dann also in der Bibel: Du sollst (nicht) töten? Das kann es ja wohl nicht sein. Bei den spirituellen Gesetzen gilt natürlich das gleiche, denn obwohl ich mich bemüht habe, das NICHT wegzulassen, hab ich keinen Satz gefunden, der kurz und prägnant beschreibt, wie man nicht „nicht“ sagt.

Im Umkehrschluss – sollte der Verstand dies also wirklich nicht auf die Reihe kriegen, ist das ja nicht so schlecht. Wie oft sagen wir:

Ich bin NICHT reich.

Ich bin NICHT gesund.

Mir geht es NICHT gut...

Also müsste ich ja nach dieser Definition reich und gesund sein und es geht mir immer gut.

Leute, zerpflückt doch nicht jeden Quatsch! Man kann sich ganz leicht darin verlieren, wenn man jedes seiner Worte vorab überprüft, ob es denn eh positiv genug ist. In „bemühen“ steckt die „Mühe“, in „versuchen“ die „Suche“. Ja, dann nehm ich halt „probieren“. Und nun? Besser macht es meine Arbeit immer noch nicht, obwohl in diesem Wort doch „pro“ drin steckt, und das ist ja nun definitiv eine Bejahung.

Wie können wir die Gebote nun also umwandeln, dass sie auch realistisch anwendbar sind?

Ich soll meinen Verstand mit Sätzen füttern, die er versteht. Mit denen er etwas anfangen kann und die man ins Leben integrieren kann. Gebote als Unterstützung mögen hilfreich sein, sobald ich aber anfange, sie wortgetreu umzusetzen, ist das Scheitern vorprogrammiert. Kein Mensch kann irgendetwas endgültig loslassen, was in ihm jahrzehntelang angelegt war. Man mag eine Blockade oder unangenehme Eigenschaft lösen können, ich habe allerdings die Erfahrung gemacht, dass es sich dabei nur um eine Schicht handelt, die abgetragen wird. Kaum hat man das Thema als „endlich erledigt“ abgehakt, taucht es in anderer Verkleidung erneut auf. Dann haben wir laut den esoterischen Lehren die nächste Ebene erreicht, um es auch dort aufzulösen. Ja? Ist das so? Besteht nicht einfach die Möglichkeit, dass wir das, was wir als Blockaden bezeichnen, einfach in diesem Leben in uns tragen und es sich immer wieder zeigt, nur eben nicht immer gleich, damit sich das Thema nicht abnutzt?

Nehmen wir an, du bist ungeduldig (nehmen wir an, ich bin es, dann können wir mit einem realistischen Beispiel arbeiten). So, ich bin also ungeduldig. Nichts geht mir schnell genug, alles, was ich beginne, schmeiße ich nach kurzer Zeit wieder hin, weil es nicht so klappt wie gewünscht.

Mit dieser Eigenschaft habe ich gelernt zu leben. So bin ich halt. Nutzen tut es mir eh nichts, ich konnte noch nie eine Sache beschleunigen, nur weil ich vor Ungeduld herum hampelte. Ändern kann ich diese Charaktereigenschaft aber auch nicht.

Dann kriege ich irgendwann den Tritt, um aufzuwachen. Spiritualität bedeutet ja nichts anderes, als sich mit sich selbst zu beschäftigen.

Als erstes fällt mir auf, dass Ungeduld nun nicht unbedingt als Tugend angesehen wird. Also muss ich daran arbeiten. Ich muss in die Vergangenheit reisen, meist werden solche Charaktereigenschaften ja in der Kindheit angelegt, die „unfähigen“ Eltern sind da gerne als Wurzel allen Übels heranzuziehen.

Hab ich die Ursache gefunden, stell ich mir vor, in mir sitze ein kleines Kind, verängstig und einsam, und das muss ich nun befreien von seiner Qual.

Dann ist meine Ungeduld weg. Patsch, in Luft aufgelöst. Alles gut.

Vielleicht dauert‘s auch ein bisschen länger, dann besteht allerdings die Gefahr, dass ich leicht ungeduldig werde. Eine Zeitlang sonne ich mich

dann in dem guten Gefühl, etwas erreicht, eine negative Eigenschaft abgelegt zu haben und gewachsen zu sein.
Bis zur nächsten Situation, wo mir die Sicherungen durchbrennen, weil irgendetwas nicht funktioniert. Dann habe ich die nächste Ebene erreicht, dort geht das Spiel von vorne los. Diesmal bearbeiten wir das vielleicht mit einer Rückführung – ist die Kindheit nicht schuld, sind es mit Sicherheit frühere Leben, die herhalten müssen.
Nicht falsch verstehen, ich glaube sehr wohl, dass wir nicht nur einmal auf diesem Planeten wandeln – es ist ja auch viel zu lustig und unterhaltsam hier, als dass wir uns diesen Spaß nur ein einziges Mal geben würden.
Ich wage nur zu bezweifeln, ob wir wirklich den ganzen Müll von einem Leben zum anderen mitschleppen. Wozu soll das gut sein? Wir können uns doch eh nicht dran erinnern, wer oder was wir vorher waren. Nun haben aber schlaue Menschen eine Möglichkeit entdeckt, wie man doch noch Zugriff auf diese Leben haben kann – mittels Rückführung. Ich reise also in die Vergangenheit und schau mir an, was ich damals getan habe, wer ich war und warum ich heute so agiere. Dann kann ich das ablegen und alles ist gut.

Sorry, aber wenn wir aus vergangenen Leben etwas lernen könnten, wieso haben wir diese Fähigkeit dann nicht einfach, uns zurück zu erinnern? Hat Gott (oder wie immer man die Energieform nennen möchte, die für diesen Spaß hier verantwortlich ist) einen Fehler gemacht und vergessen, uns etwas mitzugeben? Das bezweifle ich.
Aber bleiben wir bei dem Beispiel: ich habe am inneren Kind gearbeitet, ich habe mich rückführen lassen, ich bin wieder eine Ebene höher

gestiegen. Ungeduld? Kann ich nicht mal mehr buchstabieren. Ich bin die Ruhe und Gelassenheit in Person. Ha!

Das geht meist solange gut, bis mich die Kinder mal wieder zur Weißglut bringen (und glaubt mir, die können das, keine Ahnung, welche Schulung sie dafür absolviert haben).

Also, was nun? Wenn ich alles aus der Vergangenheit aufgelöst und bearbeitet habe, bleibt eigentlich nur mehr mein „Ego" übrig, das schuld sein könnte. Dieses böse Ding lebt ja IN mir und sabotiert alles, was ich verändern und besser machen möchte. Wozu ist dieser kleine Störenfried überhaupt da? Und wenn er in mir wohnt, ist er dann Teil von mir oder gehört der wieder zum Dualitäts-Spiel? Braucht man das Ego oder kann das weg?

Eine Zeitlang war es modern, das Ego zu transformieren, bis nix mehr davon übrig blieb. Das klappte nur so mittelgut. Dann kam man drauf, man könnte es ja mal auf die nette Art versuchen und Klein-Ego mit ins Boot holen. Vielleicht lässt es sich so besser überlisten. Ich bin nett zu dir, liebes Ego und du hältst dafür die Klappe. Deal?

Meiner Meinung nach lässt sich dieser Teil von uns nicht manipulieren. Der weiß nämlich immer schon einen Schritt vorher, was wir vorhaben. Es ist ein bisschen schwierig, sich selbst zu überlisten und vor sich etwas zu verheimlichen.

Ja, Himmel, ich bin aber immer noch nicht geduldig, gelassen und tiefenentspannt. Was muss ich denn noch alles tun? All diese Methoden funktionieren, wenn überhaupt, nur für kurze Zeit.

Was aber, wenn ich statt Blockaden lösen, loslassen, transformieren einmal das Gegenteil versuche (ein Hoch der Dualität, die mir diese Möglichkeit einräumt)? Ich lasse es zu! Ich nehm diese Charaktereigenschaft, diese Emotion oder was auch immer und gebe ihr den Raum, den sie beansprucht. Dinge, die man nicht oder wenig beachtet, langweilen sich oft und lösen sich von alleine auf. Zack! Hier schließt sich gerade wieder der Kreis – vor meinem Erkennen, dass es eine spirituelle Welt gibt, hab ich ganz automatisch meine Ungeduld zugelassen. Sie war halt da, ich konnte ganz gut damit leben. Blieb mir eh nichts anderes übrig. Natürlich verschwand sie weder vorher noch jetzt – aber damals hab ich wenigstens nicht auch noch stundenlang darüber nachgedacht.

Jetzt schaue ich mir die oberen 10 Gebote noch einmal genauer an, vielleicht kann man sie ja doch so formulieren, dass sie wirklich hilfreich sind und uns nicht wieder vor fast unlösbare Herausforderungen stellen.

1) Achte ein bisschen auf deine Wortwahl, ohne jeden Satz zu zerpflücken.

2) Lass zu, was du ohnehin nicht ändern kannst.

3) Suche in jeder Situation das Gute, um nicht unterzugehen.

4) Liebe dich, liebe andere – aber liebe!

5) Analysiere nicht ständig deine Gedanken, die tun sowieso, was sie wollen.

6) Versuch für dich – und nur für dich – Verletzungen und Kränkungen abzuschließen. Du tust dir nur selber weh damit, wenn du dran festhältst.

7) Du hast dir deine Eltern selbst ausgesucht – also leb damit.

8) Vergiss, was andere sagen – die haben das auch nur irgendwo gelesen oder gehört.

9) Ob du Entscheidungen triffst oder nicht, ist deine Wahl – aber steh dazu und leb mit dem, was du tust.

10) Bevor du urteilst, geh einen Schritt zur Seite und schau, ob du einen anderen Blickwinkel kriegst, vielleicht ist die Situation dann doch nicht so verurteilenswert wie gedacht. Bleibst du bei deinem Urteil? Auch recht, dann steh dazu.

Ich bin sogar noch einen Schritt weitergegangen und habe mir meine eigenen, wichtigsten Punkte zusammengestellt.
Bettinas Gebote:

1) Vertraue dir selbst und deiner inneren Stimme!
2) Du bist wertvoll, vergiss das niemals!
3) Sei ehrlich zu dir und anderen gegenüber! Immer!
4) Vertraue darauf, dass alles seine Richtigkeit hat!
5) Wenn du einen Spiegel triffst, schau hinein und erfreue dich an dem tollen Bild!
6) Wenn dich etwas stört, ändere es!

Es sind nur sechs, dafür alle ohne „nicht". (Wie schrecklich, nun gebe ich doch einen Leitfaden für ein zufriedenes Leben ab, noch dazu mit positiven Affirmationen.)
Ich kann damit wesentlich entspannter leben als mit den anderen Geboten. Aber vielleicht weil das meine Gebote sind. Das siebente und vielleicht wichtigste lautet nämlich:
Lass dir von niemandem etwas einreden, was sich für dich nicht gut anfühlt!

GESTERN, HEUTE, MORGEN

Ich möchte noch einmal auf die Rückführungen und Arbeiten mit dem inneren Kind zurückkommen. Immer wieder hören und lesen wir, wir mögen doch bitte im Jetzt leben. Gestern ist vorbei, morgen gibt es noch nicht. Zeit und Raum sind sowieso nur Illusionen (warum kann ich dann meinen Körper nicht einfach an den nächsten Sandstrand beamen, wenn mir kalt ist?).

So weit, so gut. Dem stimme ich ja auch zu. Nur wozu muss ich dann doch in die Vergangenheit reisen, um Probleme aufzulösen? Denn genau das mache ich ja zum Beispiel bei einer Rückführung.

Ja, bitte, könnten wir uns dann mal auf eines einigen? Gibt es die Zeit, wie wir sie kennen? Linear, real, verstreichend?

Gut, dann kann ich auf dem Zeitstrahl zurückreisen, mir den Quatsch, den ich im Mittelalter angestellt habe, anschauen und gegebenenfalls etwas daraus lernen. Warum kann ich dann nicht nach vor reisen und mir die Zukunft anschauen? Ach, lassen wir das.

Gibt es sie gar nicht? Brauchen wir nur diesen Rahmen, um nicht verrückt zu werden?

Dann hab ich auch im Mittelalter nichts verloren, weil es eh an meinem jetzigen Zustand nichts ändert.

Für eins von beiden sollten wir uns mal entscheiden (die Dualität schon wieder). Ansonsten ist es doch wieder nur ein Zurechtbiegen, wie man es gerade braucht.

Rückführungen waren eines der Themen, die mich schon früher interessiert haben. Und was mich interessiert, probiere ich gerne aus.

Also hab ich so eine Rückführung mal mitgemacht. Eine sehr gute sogar, liebevoll geführt, sehr entspannt, geborgen. Ich konnte mich sehen, die Situation beschreiben. Auch beim Nachgespräch war es mir möglich, Rückschlüsse auf das heutige Leben zu ziehen, auch wenn sie mich nicht wirklich weitergebracht haben. Soweit alles gut. Und trotzdem: ich würde es nicht wieder tun. Ausprobiert, abgehakt.

Warum? Ich wüsste nicht, was ich in der Vergangenheit verloren hätte. In der Zeit, in der ich dort bin, entgeht mir nämlich mein jetziges Leben, das, was aktuell gerade um mich vorgeht. Schade drum, diese Zeit kriegt man nämlich garantiert nicht zurück.

Es ist doch einfach viel spannender, jetzt zu sein – mit allen Sinnen da zu sein. Nicht in die Vergangenheit reisen, nicht über eine mögliche Zukunft zu grübeln. Einfach nur alle Sinne mobilisieren – wir haben ja genug davon – und sich selbst spüren.

Ebenso ergeht es mir bei der Arbeit mit dem „inneren Kind". Prinzipiell finde ich die Idee nicht so schlecht, sich mit Aspekten aus der Kindheit auseinander zu setzen, wenn man irgendwo ansteht und sich nicht erklären kann, woher Glaubensmuster kommen. Aber wenn alles und jedes auf die Kindheit geschoben wird, die eigenen Eltern zur Naturkatastrophe erklärt werden, dann verzieht sich mein Gesicht, als hätte ich in eine Zitrone gebissen.

Es gibt kaum jemanden auf diesem Planeten, der sich als Erwachsener nicht mit Minderwertigkeitskomplexen, Unsicherheit und Ängsten herumplagt. Ja, gibt es nur unglücklich verlebte Kindheiten auf diesem Planeten? Und als Folgefrage: gibt es nur unfähige und inkompetente Eltern, die jedes Kind falsch behandeln? Da krieg ich als Mutter ja Depressionen, wenn ich mich bei jedem Satz, bei jeder Handlung fragen

muss, welch irreparablen Schaden ich meinem Kind zufüge, weil ich darauf bestehe, dass es sein Zimmer aufräumt oder nicht mehr raus darf.
Das kann doch auch nicht der Weisheit letzter Schluss sein. Mir ist das zu einfach. Oder zu konstruiert. Gehört es ehrlich zu Gottes Plan, uns mit verschiedenen Personen in unterschiedlichen Altersstufen in uns zu quälen?
Oder andersrum: beim Arbeiten mit dem inneren Kind geht man ja davon aus, dass da in uns ein kleines Persönchen sitzt und seit Jahren drauf wartet, endlich erlöst zu werden. Das arme Kleine, völlig einsam, verwahrlost und vernachlässigt. Wer denkt sich denn sowas aus?
Also bei mir löst diese Vorstellung keine Minderwertigkeitskomplexe auf, im Gegenteil, ich krieg dann auch noch ein schlechtes Gewissen, weil ich solange gebraucht habe, um das arme Würmchen aufzusuchen.
Und wieder mal bin ich ganz tief in die Vergangenheit gereist und hab mich dort stundenlang aufgehalten. In eine Zeit, in der ich als heutiges Ich nichts ändern kann.
Es ist doch völlig egal, wann wir wofür ausgeschimpft oder beleidigt wurden. Jedem von uns ist das passiert! Und wenn es mich JETZT stört, dann muss ich es JETZT ändern! Ich kann ja jetzt auch nichts mehr dran ändern, dass ich in den Achtzigern mit Neonpullis und Stirnbändern herumgelaufen bin. Damals hat es mir gefallen, sonst hätte ich es nicht getragen. Wenn ich heute darüber die Nase rümpfe, ändert das schlicht und einfach nichts an meinem Geschmack von vor 25 Jahren. Und wenn es mich jetzt stört, schau ich mir einfach die Fotos von damals nicht mehr an.
Ja, die Wahrscheinlichkeit ist groß, dass wir als Kinder unterdrückt, bestraft und „falsch“ behandelt wurden. Das heißt aber nicht, dass ich

jetzt und heute mein Leben nicht anders leben kann. Ich muss es nur wollen. Und tun! Selbst „wollen“ reicht nicht aus.
Ich hab jahrzehntelang mit meinem Selbstvertrauen gekämpft – oder mit dem, was schlicht nicht vorhanden war. Da hätten mir hundert Menschen sagen können, wie toll und einzigartig ich bin, ich hätte – nein, ich habe – ihnen kein Wort geglaubt.
Jetzt sitze ich hier, schreibe ein Buch und bin dermaßen stolz auf mich, dass ich aus dem Grinsen gar nicht rauskomme. Was passiert ist? Irgendwann waren mir die Selbstanklagen und Vorwürfe zu blöd und ich hab einfach damit angefangen mit dem, was ich gerne tue. Die Perspektive habe ich geändert – es war nicht mehr der Wunsch, zu gefallen und Aufmerksamkeit zu bekommen, es war das Bedürfnis zu schreiben. Einfach, weil ich gerne schreibe. Schön, wenn's dann jemand liest und auch schön, wenn es jemandem hilft oder zumindest zum Lachen bringt. Wenn nicht, ist es mir auch recht – ich hatte Spaß in der Zeit, in der ich dran gearbeitet habe. Gibt es mehr Lohn für eine Tätigkeit? Ich glaube nicht. Und wenn ich in meinem nächsten Leben mal zurückreise in dieses Leben, dann möchte ich mich bitte hier am Schreibtisch sitzen sehen, wie ich diese Zeilen tippe. Und dieses Gefühl der Freude und Zufriedenheit nochmal spüren.

ZWEIFEL-LOS

Zweifel sind gut. Zweifel sind wichtig. Wir brauchen sie, um eine gehörte Aussage in Frage zu stellen. Gäbe es keine Zweifel, würden wir ungefiltert alle Meinungen und Ansichten anderer übernehmen. Dazu müssten wir wahrscheinlich dann im Minutentakt unsere Meinung anpassen, weil wir ständig von allen Seiten mit neuen Informationen geflutet werden.

Warum sollen wir dann unsere Zweifel loslassen? Weil sie irgendwann nerven. Es ist gut und schön, eine neue Information erst einmal kritisch zu betrachten von allen Seiten auszuleuchten. Aber dann kommt der Zeitpunkt, wo es gilt, eine Entscheidung zu treffen: ist diese Information für mich relevant und stimmig oder kann ich sie getrost weglegen?

Ich habe mich monatelang mit Zweifeln herumgeschlagen, weil ich auf keinen grünen Zweig kam. Vielleicht hatte ich auch zu viele Informationen gespeichert, um überhaupt noch eine Entscheidung treffen zu können.

Angefangen habe ich praktischerweise gleich mal bei mir. An sich selbst zu zweifeln ist bequem, man braucht nicht mal rausgehen. Ich kann nichts, ich bin nichts, alle anderen sind besser, schöner, erfolgreicher als ich. Und dann hatte ich es im Leben ja immer noch zu nichts gebracht. Kein Beruf, kein Erfolg – immer wieder etwas Neues begonnen und dann doch nicht dran geblieben. Wahrscheinlich war diese ganze Idee mit dem spirituellen Leben auch wieder nur so ein Hirngespinst von mir, das sich irgendwann abnutzen würde und mich zu langweilen begänne.

Reine Geldverschwendung, denn auch die spirituelle Szene ist mittlerweile so materialistisch geprägt, dass es zeitweise wehtut. Und wahrscheinlich können oder wissen die anderen tollen Überflieger auch rein gar nix, die hatten nur gute Ideen und haben sie erfolgreich umgesetzt, um jetzt gutgläubigen Suchenden das Geld aus der Tasche zu ziehen. Die paar Mal, wo etwas funktioniert hat, waren sicher nur Zufall. Wie beim Placeboeffekt: wenn du es dir lang genug einredest, wirst du es schon irgendwann glauben. Und es wird funktionieren. Und wenn es nicht funktioniert, dann steht's halt nicht in deinem Lebensplan. Basta.

Solche und ähnliche Gedanken konnte ich stundenlang wälzen und mich immer mehr hineinsteigern in das „die-wollen-dir-doch-nur-das-Geld-aus-der-Tasche-ziehen"-Gefühl. Zwischendurch versuchten die Engel immer wieder zu mir durchzudringen mit kleinen Hinweisen und Stupsern. Ließ ich niemals gelten. Zu wenig, zu zufällig, zu profan. Wenn, dann musste es schon eine sichtbare Gestalt sein, wenn möglich zum Anfassen. Oder ein so einschneidendes Erlebnis, von dem ich noch meinen Enkeln berichten konnte. Dann, ja dann, würde ich glauben.

Wohlgemerkt habe ich in dieser Phase eine spirituelle Ausbildung absolviert, bei der es nicht nur viel über Engelenergien zu lernen gab, sondern auch über mich selbst. Solange ich dort war, war alles gut. Ich glaubte, ich probierte, ich ließ mich ein und ich lernte. Ich war begeistert über die Möglichkeiten, die mit diesen himmlischen Werkzeugen realisierbar waren. Sobald ich das Seminarwochenende hinter mir ließ, stand ich wieder am Anfang.

Irgendwann wurde es mir zu bunt. Es macht keinen Spaß, immer wieder auf null zurückzufallen. Es musste etwas geschehen. Ich wollte die Zweifel an der „Echtheit“ der Engel und Naturwesen endlich loswerden – am liebsten mit eben diesen himmlischen Energien. Mein Verstand glaubte also nicht an die Wirksamkeit der Engel, irgendetwas anderes in mir schrie aber genau danach. Also ließ ich mich auf einen Schattenprozess ein, um mal meine Selbstzweifel in Griff zu kriegen. In einem Schattenprozess wird man (vereinfacht gesagt) in einer Meditation zur Wurzel des „Übels“ geführt und der Ursprung wird aufgelöst. (Ja, ja, ich hab mehr als eine Reise in die Vergangenheit angetreten mit unterschiedlichen Methoden, aber das war die Letzte.)
Der Erfolg war durchschlagend. Ich kann definitiv behaupten, dass ich mit einer einzigen Sitzung alles hinter mir gelassen habe, woran ich je an mir gezweifelt habe. Es bestand gar kein Bedürfnis mehr danach, mich irgendwie in Frage zu stellen oder darüber nachzudenken. Ich bin – basta.

Mein Verstand-Ich akzeptierte dies und wandte sich prompt dem nächsten Thema zu. (Sehr witzig, mein Kleiner.) Nun tauchten also Zweifel an der Seriosität verschiedener Engel-Expertinnen und – Experten auf. Ich konnte kein Buch mehr sehen, wollte nichts mehr wissen und hätte am liebsten den ganzen Kram in den Keller gepackt.

Neue Themen begannen meine Aufmerksamkeit zu wecken, zum Beispiel fiel mir ein Buch über Schamanismus in die Hände.
Toll, das ist erdiger, das gefällt mir ja viel mehr. In den hochgeistigen Welten war ich ja gar nie wirklich zu Hause. Viel zu abgehoben, viel zu „gut“.

Da war der Schamanismus schon handfester. Da gab es unten, oben und in der Mitte. Und bei weitem nicht nur gute Wesen, oh nein, da musste man sich schon in Acht nehmen.
Dies ging solange gut, bis ich in einem Buch über schamanische Heilungen auf eine Passage stieß, in der sich die Autorin milde lächelnd über die ach so süße neue Esoterikszene lustig macht, in der alles nur gut und schön ist.

Hallo? Geht's noch? Wie kannst du so über meine Welt reden? Öhm. Meine Welt? Ich wollte doch gerade weg von diesem zuckersüßen Alles-ist-gut-Image. So ging's also auch nicht. Ich musste etwas finden, um endlich im Einklang zu sein. Vielleicht etwas Eigenes? Die ausgetretenen Wege, das Nachahmen machte mir zu schaffen. Vielleicht auch der Neid, dass es andere schon zu etwas gebracht hatten, viel früher eingestiegen waren als ich und ihren Platz gefunden hatten. Ich wanderte eher ziellos von Baum zu Baum und konnte mich für keinen entscheiden. Nichts war mir präsent genug, überall fand ich Widerhaken und „Mängel".

Ich könnte ja mal die Engel um Rat fragen, ob sie mir nicht eine einzigartige Idee präsentieren könnten, die nur für mich da war und mit der ich meinen eigenen Weg gehen könnte. Die sprachen aber leider immer noch nicht mit mir. Was sollte ich denn noch tun, um sie zum Handeln zu animieren? Manchmal hatte ich das Gefühl, ich hätte in den letzten Jahren immer noch nichts gelernt.
Und als wär das noch nicht genug, krochen die alten Selbstzweifel auch wieder hervor. Langsam, leise, unbemerkt. Vielleicht lag es ja doch an

mir. Also ganz vielleicht. Hee, wozu hab ich den Schattenprozess gemacht? Verliert der irgendwann seine Wirkung?

Nun saß ich da, mit einer Ausbildung, mit der ich wenig anfangen konnte, weil ich nicht ganz überzeugt von der Wirksamkeit war. Mit Ideen, bei denen ich keinen Schimmer hatte, wie ich sie umsetzen sollte. Mit Angst, keinen Fuß in die Tür zu kriegen, unterzugehen in der Masse. Mainstream oder Alleingang? Erfolgreich sein oder mir treu bleiben? Das musste doch zu verbinden sein.

Ich nahm mir eine Auszeit. Schaltete über die Osterfastenzeit alle Sozialen Netzwerke ab und lebte ausschließlich in der sogenannten „realen Welt“. Diese Zeit nutzte ich, um meine neue Website zu gestalten, mit allem, was ich glaubte zu können. Erste Schritte weg vom Mainstream, das heißt, die Seite durfte auf gar keinen Fall lila sein. Und ich wollte von Anfang an klar machen, dass es bei mir viel, aber sicher kein Heile-Welt-alles-ist-gut-Projekt gibt. Immer wieder fiel ich zurück ins Schema: „Das kann ich nicht bringen, alle anderen machen das auch so oder so.“

Dann wusste ich wieder, ich muss einen Schritt zurück gehen und überprüfen, wie es mir dabei geht. Fühlte ich mich wohl, war alles gut. Machte ich es nur, um dazuzugehören, musste es umformuliert werden.

Nach Ostern war es soweit und ich präsentierte meine neue Arbeit. Allen. Keine Auswahl mehr, weil man bestimmten Menschen so einen Wandel nicht zumuten konnte. Wer damit nicht klar kam, konnte sich ja verabschieden (hat übrigens niemand gemacht, ich habe im Gegenteil einige Überraschungen erleben dürfen). Zaghafte erste Schritte auf die anderen zu. Angst, zurück gewiesen, nicht ernst genommen zu werden, keinen Erfolg zu haben. In Wirklichkeit gar nichts zu können. Nicht gut genug zu sein.

Und auf einmal kamen sie, die ersten Menschen, denen ich helfen durfte. Einfach so, von überall her. Durfte ich das als Zeichen von oben ansehen, dass ich auf dem richtigen Weg war?

Ich stellte um, ich löschte Angebote, ich nahm Neues auf, die Ideen sprudelten nur so aus mir heraus. Jede Woche gab es Neuigkeiten. Doch noch nicht der richtige Platz?

Zwischendurch immer wieder das Gefühl, angekommen zu sein, meinen Weg gefunden zu haben. Für kurze Zeit, dann musste wieder etwas Neues her. Kann ich nicht ein einziges Mal genießen, was ich habe?

Irgendwann in dieser Zeit lernte ich die Engel wahrzunehmen. Zu hören, zu spüren und im Geiste zu sehen. Gar kein Hokuspokus, keine Lichtspiele oder übersinnliche Phänomene, ganz natürlich im Alltag, fast nebenbei. Und sie sprachen so mit mir, dass ich sie verstehen konnte. Nicht abgehoben, salbungsvoll gütig – nein, „meine" Engel scherzten mit mir, hatten Humor und konnten manchmal recht unangenehm und lästig sein.

Und immer dann, wenn ich mich vollkommen darauf verließ und ihnen vertraute, überlieferten sie mir neue Konzepte, fertig ausgearbeitete Ideen, die ich nur mehr umsetzen musste. Da gab es kein Überlegen, kein Ausbessern, kein Nachjustieren – alles war perfekt so, wie ich es hörte.

Jedes Mal, wenn ich mir einbildete, es besser zu können, ging es in die Hose. Entweder konnte ich niemanden von meiner Idee überzeugen oder ich selber wusste nicht mehr weiter.

Es war im Sommer, als ich so da saß und mir überlegte, warum ich jetzt schon des Öfteren der Meinung war, meinen Platz gefunden zu haben und dann doch immer wieder aufstand und weiterging. War ich zu unruhig, konnte ich nicht genießen und mich auf meinen Lorbeeren ausruhen?

Oder gibt es etwa „DEN perfekten Platz“ gar nicht?

Oh ja – das ist doch einen Gedankengang wert.

Ganz viele suchen ihren Lebensweg, ihre Aufgabe, ihren Seelenplan. Die Überlegung dazu ist – wenn sie ihn finden, können sie ihn erledigen und alles ist gut. Dann sind sie auf ihrem Platz, von dem sie sich dann wohlwollend all die anderen Suchenden anschauen und lächeln. Schöne Vorstellung? Find ich nicht.

Mag sein, dass es manche in meinem Umfeld Umtriebigkeit nennen, Ungeduld, dass ich nicht sesshaft bin und Hummeln im Hintern habe.

Ich nenne es ein wenig anders: Ich lebe Veränderung!

Alles verändert sich immer wieder, erneuert sich, richtet sich neu aus. Die Natur, die Umwelt, die Menschheit. Was hätte ich davon, meinen Platz zu finden und auf ihm zu verharren? Ziel erreicht, Leben fertig?

Nein, so funktioniert das nicht. Ja, wir können Plätze erreichen – Etappenziele sozusagen. Und auf denen können wir uns eine Zeitlang ausruhen, genießen, zur Ruhe kommen. Aber dann heißt es wieder: Rucksack packen und weitergehen. Zum nächsten Ziel, zum nächsten Rastplatz.

Und deshalb wird „mein“ Platz, auf den ich mich so sehr gefreut habe und so stolz war, ihn gefunden zu haben, in einem Jahr oder vielleicht in einem Monat nicht mehr „mein“ Platz sein.

Der einzige Unterschied zu früher? Ich zweifle kaum noch an mir. Ich tue, was zu tun ist und wenn ich fertig bin, geh ich weiter zum nächsten Punkt. Ob es richtig oder falsch ist – egal, ich bin in Bewegung, das ist das Einzige, was zählt.
Meiner Meinung nach die einzige Möglichkeit, um den Zustand „Zweifel" hinter sich zu lassen: Handeln, handeln, handeln! Tu irgendwas, aber tu es. Nur vom Zuschauen ändert sich nichts.

ENGEL, FEEN UND EINHÖRNER

Jetzt habe ich immer wieder angedeutet, dass die Engel mich unterstützend begleiten. Trotzdem ist dies kein Engelbuch. Wie steh ich nun zu diesen Wesen? Gibt es sie? Kann sie tatsächlich jemand sehen? Warum gibt es so viele davon, wenn sie doch eh überall gleichzeitig sein können?

Und die Gretchenfrage: Wenn Engel alles können und für uns da sind, wozu braucht es dann noch Feen, Elfen, Baumgeister, Einhörner, Blumengeister, Kobolde, Gnome und sonstige Lichtgestalten? Und dann noch Krafttiere, Geister, verstorbene Seelen, aufgestiegene Meister und so weiter.

Klingt ein bisschen ketzerisch, nicht wahr? Ich war anfangs ehrlich gesagt sehr verwirrt ob der Vielfalt. Und erst die vielen Menschen, die sie ganz genau klassifizieren können. Der Engel macht dieses, das Einhorn ist dafür zuständig und wenn du jenes Thema zum Bearbeiten hast, brauchst du diese und jene Fee.

Wie sollte ich mir je all die Namen merken können, geschweige denn, wofür sie zuständig sind? Da erwisch ich doch sicher den Falschen, wenn ich etwas brauche.

Und wozu, falls es sie tatsächlich gibt – sind sie da? Zur berühmten Parkplatzsuche? Um uns unsere Sorgen und Probleme abzunehmen? Um die Natur und die Erde zu schützen? Vor wem? Vor der Menschheit? Wenn wir doch alle eins sind und alle ein Teil Gottes – warum gibt es dann etwas, das man vor uns schützen muss?

Gibt es in der Feenwelt Märchen über Menschen, die meist böse für die Menschen ausgehen? Und werden Koboldkindern Geschichten erzählt, die sich später als Märchen herausstellen – so wie der kindliche Glaube ans Christkind oder den Weihnachtsmann? Einfach, weil WIR die Illusion sind und nicht diese lichtvollen Wesen?

Bleiben wir einmal bei dem Glauben, all diese Wesenheiten existieren. Und bleiben wir auch bei dem Glauben, Feen und Elfen sind für die Natur zuständig, Kobolde sind hinterlistige, vorwitzige Wesen und Einhörner beschützen Mensch und Tier. Engel sind für verschiedene menschliche Bedürfnisse zuständig und Erzengel beziehungsweise aufgestiegene Meister haben eine bestimmte Farbe und ein bestimmtes Hauptthema, um das sie sich kümmern. So weit, so gut. Wer von uns Menschen ist nun aber wahrhaftig in der Lage, diese doch recht wichtigen Elemente zu bestimmen und zuzuordnen? Offenbar keiner, sonst würden sich nicht die Beschreibungen so sehr voneinander unterscheiden. Der eine, der mit Engeln spricht, erzählt uns, dass Raphael fürs Reisen verantwortlich wäre. Der nächste sieht die Engel und meint, Raphael wäre fürs Heilen zuständig. Einer sagt, seine Farbe wäre Grün, der andere, sie wäre Rosa, der dritte sieht ihn gar in Weiß. Woran sollen wir denn nun glauben? Oder muss jeder seinen persönlichen Kontakt wieder herstellen zur nichtrealen Welt und sich seine eigenen Informationen abholen?

Wie man leicht feststellen kann, hat dieses Thema mehr als jedes andere bei mir mehr Fragen aufgeworfen als sonst etwas. Vielleicht fehlt mir einfach nur das Vertrauen, der Glaube. Glaube muss man nicht beweisen können, man muss einfach nur glauben.

Eins habe ich relativ rasch festgestellt: Sollte es all diese Lichtwesen nicht geben, beschäftigen wir uns wenigstens erstmalig mit uns selber. Ist ja auch schon viel wert.

Doch, ich glaube. Ich glaube an Engel, besonders an Schutzengel. Hat meine Oma schon getan und meine Mama auch. Liegt also in der Familie. Und ich glaube auch, dass sie uns unterstützen, uns helfen und uns beschützen, wenn wir sie lassen. Ich glaube aber auch, dass sie uns beschützen, wenn wir sie nicht bewusst ihre Arbeit tun lassen.

Was mich persönlich etwas stört sind Menschen, die ihr Leben bedingungslos in ihre Hände legen und gar nichts mehr selber machen. So nach dem Motto: „Ach, die Engel werden das schon machen, da brauch ich nur abwarten, was kommt." Wo bei jedem Projekt, bei jedem Problem, jeder Herausforderung als erstes die Engel um Rat gefragt werden: mit Orakelkarten, Meditation und spirituellen Sitzungen. Erst danach wird entschieden, wie die Vorgehensweise zu sein hat.

Das Ganze erinnert sehr an meine Jugendzeit – dort war mein „Engel" meine Mama, der ich alles bedingungslos in die Hände legte. Warum es mich jetzt stört, hat wohl viel mit dem „Spiegelgesetz" zu tun – erst wenn ich diesen Teil begriffen habe, kann ich ihn für mich ablegen. Dann wird es mir auch egal sein, was andere tun.

Keine Frage, ich mag Orakelkarten – die passen immer so hübsch zur Frage. Und wenn nicht, kann man sie mit ein bisschen Fantasie passend machen. Ich mag auch Meditation und lausche immer gerne, was ich zu hören bekomme.

Aber dann tu ich trotzdem, was ich für richtig halte. Ich habe noch nie einen Termin abgesagt, weil in meinen Karten eine Warnung stand. Oder etwas gemacht, weil die Karten es mir prophezeit haben.
Nein, darum geht es nicht. Manche lesen gerne das Tageshoroskop, andere befragen ihr Pendel (für das ich offenbar zu blöd bin, ich glaube ihm nicht) und ich zieh halt spontan eine Karte, wenn ich eine Frage habe. Aber genauso wenig wie die Menschen in der Tageszeitung ihr Horoskop bitterernst nehmen (ich hoffe inständig, dass sie es nicht tun), genau so wenig lebe ich wortgetreu die Botschaft einer Karte.

Zu Beginn meiner spirituellen Laufbahn war ich verrückt darauf, endlich einen Engel zu sehen, notfalls auch zu hören und Botschaften zu empfangen. Das wär's, erträumte ich mir ein wunderbares Leben. Ich hab das so zwanghaft verfolgt, dass es gar nicht klappen konnte. Ich war frustriert von den vielen Büchern, in denen erklärt wurde, wie man erkennt, ob man hellhörig, hellfühlend oder hellwissend ist, wie man hellsieht und channelt. Bei mir hat nichts davon funktioniert, geschweige denn passten die Beschreibungen auf mich. Sowas kann einen schon aus der Bahn werfen.
Der einfachste Weg, um all das zu können (wir können das alle – wenn ich es kann, kann das jeder), ist es, ein bisschen umzudenken. Lass die Vorstellung los, dass eine greifbare Gestalt vor dir erscheint, die du berühren kannst und wirklich siehst.
Sehen tust du sie, wenn du die Augen schließt. Hören kannst du sie, wenn du aufhörst zu reden und lauscht. Und zum Fühlen brauchst du einfach nur das Gefühl von Wärme und Geborgenheit zuzulassen.
Mehr steckt nicht dahinter. Engel stehen an jeder Straßenecke und Feen sitzen auf jedem Rücken eines Schmetterlings. Frag mal ein Kind

danach – die haben noch nicht den Kopf vollgestopft mit Paradigmen und Gesellschaftsnormen.
Schmeiß doch einfach mal alle Zweifel und Ängste, als verrückt zu gelten, über Bord – dann haben sie freie Bahn.
Bleiben wir mal bei den Engeln, die sind mir selber noch am sympathischsten, obwohl ich auch ein persönliches Einhorn habe, das ständig in meiner Nähe ist (und mit dem ich mich unterhalten kann, seit ich nicht mehr mit Gewalt versuche, Kontakt aufzunehmen). Für mich sind es Freunde geworden, die ich um Rat frage, wenn mir danach ist. Das mache ich auch bei menschlichen Freunden – und auch dort nehme ich nicht jeden Rat an. Ich höre zu, und wenn er in mein Weltbild passt: gut. Wenn nicht: auch gut, hatten wir eine nette Unterhaltung.
Weder habe ich besonderen Respekt vor ihnen, noch himmle oder bete ich sie an. Unsere himmlischen Gespräche können durchaus auch mal ruppiger werden, oft humorvoll und witzig. Die Engel, mit denen ich mich unterhalte, sind sarkastisch, ironisch und frech. Drum mag ich sie. Schlagabtausch auf höherer Ebene sozusagen.
Ich könnte mit einem ätherischen, bedingungslose Liebe versprühenden Wesen nichts anfangen, da krieg ich Ausschlag. Das wissen sie, drum krieg ich die auch nie zu Gesicht. Wahrscheinlich bin ich noch nicht so weit. Auch egal, ich fühl mich wohl mit denen, die bei mir sind. Die müssen keiner Norm entsprechen, die müssen nicht mal Namen haben. Warum müssen wir immer alles klassifizieren und in Schubladen und Hierarchien stopfen? Mir doch egal, ob der Engel, der mir den Tritt verpasst hat, damit ich endlich schreibe, zu den Erzengeln, Thronen oder aufgestiegenen Meistern gehört. Er hat‘s getan. Mir ist ja auch bei meinen Freunden egal, ob sie Professor, Hausmeister oder Tischler sind

– wenn wir uns gemeinsam einen hinter die Binde kippen und die Welt verbessern, sind wir alle gleich.

Also? Gibt es sie oder nicht? Es ist deine Entscheidung. Da sind sie sowieso, auch wenn du nicht an sie glaubst.
Für mich gibt es sie – einfach weil ich immer schon das Gefühl hatte, das kann nicht alles sein. Irgendwo muss es etwas geben, was wir mit unserem Verstand niemals begreifen können. Und Engel sind da ein gutes Bindeglied, um sich mit diesen Fragen nicht selbst in den Wahnsinn zu treiben. Wenn ich sie nicht wahrnehme, das Gefühl habe, sie hätten mich im Stich gelassen, ich müsste mit allem alleine klarkommen – dann hat das nichts mit ihnen zu tun. Ich blockiere sie dann, das hab ich oft genug erlebt. Ich hab sozusagen den Telefonhörer daneben hingelegt, damit sie mich nicht erreichen können.
Sobald ich aber mein aktuelles Thema in Angriff nehme und aufhöre, mich zu wehren, stehen sie parat. Und grinsen, weil ich schon wieder „Blinde Kuh“ gespielt habe. Ich mach die Augen zu und beschwer mich, nichts mehr sehen zu können. Sie finden das lustig.
Wenn ich sie wahrnehme, haben wir immer jede Menge Spaß.
Und wenn es sie gar nicht gibt? Dann hab ich eine Menge Spaß mit meinen Stimmen im Kopf! Schön, wenn man sich selbst genug ist für Unterhaltung, oder?

WER SPRICHT DENN DA?

Das folgende Kapitel klingt global gesehen ein bisschen nach: „Rasch, holt eine psychologische Betreuung. Die tickt nicht mehr ganz richtig.“ Ist mir durchaus bewusst, ich möchte es trotzdem nicht rausnehmen. Wenn es dir zu abgehoben wird, kannst du ja weiterblättern.

Die innere Stimme, ich hab sie schon ein paar Mal erwähnt. Nur stimmt das so nicht ganz, es sind – zumindest bei mir – deren mehrere. Eigentlich sehe ich sie auch eher als Personen, Persönlichkeiten denn als körperlose Stimmen.
Ich konnte noch nicht alle klassifizieren (schon wieder fange ich in Schubladen zu denken, aber was will man machen?), aber manchmal spielt es sich ganz schön ab in meinem Kopf. Da sind die klassischen Rollen, die wohl jeder hat. Als Mutter oder Vater spricht man anders als als Arbeitskollege oder Freundin. Man denkt anders, verhält sich anders, teilweise ändert sich sogar die Tonlage. Diese Rollen kann man dann noch unterteilen, als Mutter ist man manchmal Seelsorgerin, manchmal Krankenschwester, manchmal Lehrerin.

Aber die meine ich gar nicht. Möglicherweise sind ja genau diese Stimmen mit dem „inneren Kind“ gemeint, in verschiedenen Altersstufen bis ins Erwachsenenleben hinein. Anteile, Aspekte von mir, die teilweise mal vorne an der Front agiert haben, teilweise noch nie aus sich (oder mir) rausgekommen sind. Die man nicht ausleben kann, weil es nicht der Norm entspricht.

Manche haben für eine Zeit das Kommando übernommen und sich ausgetobt. Das sind die, die immer wieder mal nachfragen, ob sie denn nicht nochmal drankommen könnten.
Anderen habe ich noch nie die Kontrolle überlassen, was aber nicht heißt, dass es sie nicht gibt. Die sind zwar lästig, aber ich bin zu feige.
Die Frage, die ich mir in letzter Zeit immer häufiger stelle: Wer davon bin ICH? Alle? Keine? Einzelteile? Mit wem diskutier ich da?
Ich mein, ich hab ja absolut das Gefühl, eine reelle Diskussion zu führen, gebe Antworten, stelle Fragen. Nein, ich wechsle nicht den Sessel dabei, aber manchmal sind diese Stimmen so laut, dass ich das Gefühl habe, sie säßen neben mir.
Es gibt leise, romantisch angehauchte, liebevolle Stimmen, ganz abgeklärte, intelligente und kluge. Am lautesten aber sind die Rebellen. Die, die rufen: „Änder, was dich stört. Tu doch endlich was. Lebe und spüre dich. Mach mal was Verrücktes, trau dich."
Manchmal hör ich dann auf sie und wage mich raus, lehne mich aus dem Fenster oder probier etwas Neues aus. Fast immer haben sie Recht und ich erlebe besondere Momente, die es ohne diese lästigen Stimmen nicht gegeben hätte.
Weil ich es mit ihnen schaffe, meine Grenzen zu erweitern, über meinen Schatten zu springen und hinter den Vorhang zu schauen. Vielleicht schaffe ich es irgendwann einmal, all diese Stimmen unter einen Hut zu bringen, um sagen zu können: „ICH habe mich getraut. ICH habe das gemacht." Noch ist die Angst zu scheitern größer, und mit diesem Trick kann ich nachher immer noch sagen: „Es war ja nicht meine Idee. Eine Stimme hat sie mir eingeflüstert." Clever, oder? Den Gewinn stecke ich ein, Niederlagen schiebe ich auf Kopfstimmen.

Wenn mir mal wieder nach Durchdrehen, Verrückt sein und Abheben ist, dann hat halt mal wieder eine dieser Personen in mir das Kommando übernommen. Und wenn ich nach dem Höhenflug mal wieder eine Bruchlandung hinlege, nehm ich das in Kauf, lecke meine Wunden, steh auf und geh weiter.

Aber ich mag sie, die Chaosqueen, die Prinzessin, das Partyluder und die Sexgöttin in mir. Sie bereichern mein Leben und ich habe immer das Gefühl, dass ständig etwas los ist. Der momentane Stand ist, dass ich sie akzeptiert habe und soweit als möglich in mein Leben integriere. Irgendwann kann ich sie vielleicht in mein ICH integrieren. Dann schreib ich vielleicht ein neues Buch, wie aus mir ein ätherisches, lichtdurchflutetes Wesen geworden ist.

RESÜMEE

Ich bin ein verrücktes Huhn und mein Weg in die Spiritualität hat nicht das Geringste dran geändert. Nur dass es mir jetzt bewusster ist – und ich es noch mehr genieße. Ich habe mich immer schon dagegen gewehrt, einer Norm anzugehören. Und ich musste lernen, dass es auch in der Esoterik-Szene nicht unbedingt von Vorteil ist, sich anzupassen. Zumindest nicht für mich.

Ja, mein größter Wunsch war immer irgendwo dazuzugehören – aber dafür müsste ich mich verbiegen. Und mittlerweile ist es mir wichtiger, ich selbst zu sein, auch wenn ich nicht dem gängigen Bild entspreche.

Abgesehen davon ist mir aufgefallen, dass jeder gerne seinen ganz persönlichen Stil beansprucht und sich gern als etwas Besonderes sieht. Von daher bin ich doch in guter Gesellschaft.

Hab ich mich in den letzten vier Jahren verändert? Ganz sicher, es wäre nämlich schlimm, wenn nicht. Ebenso wie in den letzten 8, 15 oder 30 Jahren. Wir alle verändern uns ständig, neue Informationen formen unser Weltbild um, neue Begegnungen verändern unsere Einstellungen und Meinungen.

Hätte ich mich auch ohne spirituellen Weckruf geändert? Aber ganz sicher – ich hätte es bloß nicht bemerkt.

Ich habe nach wie vor meine etwas unangenehmen Charaktereigenschaften, meine Kindheitserlebnisse, ich bin weder leiser noch geduldiger geworden und schon gar nichts hat sich an meiner Einstellung „Leben auf der Überholspur“ geändert. Ich bin keine bessere Mutter, Ehefrau oder Freundin geworden – im Gegenteil, manchmal bin ich unbequemer denn je. Weil ich auch bei anderen nachhake, analysiere und versuche herauszufinden, was dahintersteckt. Und mich nicht mehr mit allgemeinen Erklärungen zufrieden gebe.

Was ich festgestellt habe: ist die Tür zur Spiritualität einmal einen Spalt offen, kann man sie nicht mehr schließen. Es wird immer Momente geben, wo man den ganzen Krempel am liebsten hinschmeißen möchte und sich wieder in der Unwissenheit verstecken will, aber das klappt nicht. Man kann sein ganzes Leben unwissend verbringen, das ist überhaupt kein Problem – man kann aber einmal erlebtes Wissen nicht wieder vergessen.

Ich bin hier, um Mensch zu sein, und nur, weil ich der Spiritualität Raum gegeben habe in meinem Leben, werde ich nicht zum besseren Menschen. Deshalb gibt es an dieser Stelle auch keinen Schlusssatz, der alle Fragen auflöst und dich auf direktem Weg in die Erleuchtung bringt. Finde selbst raus, was für dich gut ist und dann handle danach. Mehr kann ich dir nicht mitgeben auf deinen Weg. Ich suche selber noch.

NACHTRAG

Vielleicht wunderst du dich über den Titel des Buches, dann will ich dir wenigstens meinen Gedankengang dazu noch erzählen.

Als Kind wurde ich „Schnecki" genannt. Warum? Siehe weiter vorne. Diesen Spitznamen habe ich in Kombination mit einem zweiten auch zu meinem Internet-Nicknamen gemacht – auf verschiedenen Plattformen bin ich als Schneckchen, Schnecki usw. bekannt. (Und nein, den kompletten schreibe ich hier jetzt nicht rein – das ist ein Teil von mir, den ich noch nicht so ganz integriert habe in mein Leben. Nur wenige dort kennen meinen richtigen Namen – und noch weniger, die meinen richtigen Namen kennen, wissen von dieser Seite. Nicht, weil sie böse, abartig oder pervers ist, dort ist einfach mein kleiner Rückzugsort, wenn ich von der Welt mal wieder genug habe und eine Auszeit brauche.
Im Übrigen ist dort bei einem „Brainstorming" der Titel erstmalig spontan aufgetaucht. Und im Endeffekt auch geblieben. Weil ich es nicht knapper oder treffender hätte ausdrücken können.)

Auch habe ich mich in meinem Leben immer wieder in mein Schneckenhaus zurückgezogen, nach Verletzungen, Kränkungen und Ärger. Dann tauch ich unter und bin nicht erreichbar. Für niemanden. Erst wenn ich meine Wunden geleckt habe und wieder „heil" bin, komm ich erneut raus und strecke vorsichtig die Fühler wieder aus.
Ich brauch manchmal etwas länger, um etwas zu verstehen, auch wenn ich zeitweise zur Turboschnecke werde, wenn ich etwas gleich begriffen habe und umsetzen möchte.

Das Schneckenhaus symbolisiert für mich das Leben mehr als alles andere. Du kommst immer wieder an denselben Stellen vorbei, den gleichen Herausforderungen – aber immer eine Runde weiter. Es kommt uns nur wie dieselbe Stelle vor. Also ärgere ich mich nicht mehr, wenn ich schon wieder vor demselben Dilemma stehe – ich weiß, ich bin wieder eine Runde weitergekommen. Und es wird mit jeder Runde besser.

Wer weiter meine „Runden" mit verfolgen möchte, ist herzlich eingeladen, auf meiner Website vorbeizuschauen.
Unter http://www.hat-chi.com findet ihr immer wieder neue Erkenntnisse, Erfahrungen und Gedankenspielereien. Und das, was ich aus meinen Erfahrungen gemacht habe: meinen Beruf.

Ich habe eine Zeit lang über die klassische Danksagungsseite nachgedacht, aber ich lese die bei fremden Büchern auch nie. Außerdem geht es ganz schnell (denn dankbar bin ich schon sehr): Ich danke meinem Mann für seine Liebe, meinen Kindern für ihr Dasein und allen, die immer schon an mich geglaubt haben, lange, bevor ich es selbst tat. Außerdem meinen Freunden, die immer zu mir stehen und den Menschen, die mich immer wieder auffangen, wenn ich mal wieder zu fliegen versuche. Danke, dass es euch in meinem Leben gibt.

Wer Probleme mit den spirituellen Begriffen hat: es gibt eine Unzahl an Büchern, die das ganz genau erklären und beschreiben. Die von mir gelesenen findet man ebenfalls auf meiner Website.

yes
i want morebooks!

Buy your books fast and straightforward online - at one of world's fastest growing online book stores! Environmentally sound due to Print-on-Demand technologies.

Buy your books online at

www.get-morebooks.com

Kaufen Sie Ihre Bücher schnell und unkompliziert online – auf einer der am schnellsten wachsenden Buchhandelsplattformen weltweit! Dank Print-On-Demand umwelt- und ressourcenschonend produziert.

Bücher schneller online kaufen

www.morebooks.de

VDM Verlagsservicegesellschaft mbH
Heinrich-Böcking-Str. 6-8
D - 66121 Saarbrücken
Telefon: +49 681 3720 174
Telefax: +49 681 3720 1749
info@vdm-vsg.de
www.vdm-vsg.de

Printed by Books on Demand GmbH, Norderstedt / Germany